BA
AL

BAAL

UM ROMANCE DA IMIGRAÇÃO
betty milan

1ª edição

EDITORA RECORD
RIO DE JANEIRO • SÃO PAULO
2019

CIP-BRASIL. CATALOGAÇÃO NA FONTE
SINDICATO NACIONAL DOS EDITORES DE LIVROS, RJ

M582b Milan, Betty
Baal: um romance da imigração / Betty Milan. – 1ª ed. –
Rio de Janeiro: Record, 2019.

ISBN 978-85-01-11635-2

1. Romance brasileiro. I. Título.

19-54927
CDD: 869.3
CDU: 82-31(81)

Meri Gleice Rodrigues de Souza – Bibliotecária – CRB-7/6439

Copyright © Betty Milan, 2019

Design de capa: LSD (Luiz Stein Design) | Luiz Stein e Tello Gemmal

Todos os direitos reservados. Proibida a reprodução, armazenamento ou transmissão de partes deste livro, através de quaisquer meios, sem prévia autorização por escrito.

Texto revisado segundo o novo Acordo Ortográfico da Língua Portuguesa.

Direitos exclusivos desta edição reservados pela
EDITORA RECORD LTDA.
Rua Argentina, 171 – Rio de Janeiro, RJ – 20921-380 – Tel.: (21) 2585-2000.

Impresso no Brasil

ISBN 978-85-01-11635-2

Seja um leitor preferencial Record.
Cadastre-se no site www.record.com.br
e receba informações sobre nossos
lançamentos e nossas promoções.

EDITORA AFILIADA

Atendimento e venda direta ao leitor:
sac@record.com.br.

*Aos que largaram do
seu país para não morrer*

Morremos com os moribundos
Repara, eles se vão e nós vamos com eles
Nascemos com os mortos
Repara, eles regressam e nos trazem com eles

T.S. Eliot

I

1

Aprendi a duras penas que a família pode ser uma armadilha. A gente cai nela porque prefere ignorar que o amor pode virar ódio. Não houve crime bárbaro na minha, assassinato. Ninguém se valeu de arma nenhuma. O crime é de outra natureza.

Sou pai de filha única, Aixa. Para ela, fiz neste lugar, onde cheguei sem nada, um palácio que é um oásis, colunas como palmeiras e fonte que jorra continuamente. O arquiteto não poupou motivos solares na decoração... deixou os pégasos e os pássaros tomarem as frisas. O edifício foi construído por mãos de homens, mas parece ter sido feito em diferentes épocas... arcos árabes, românicos, góticos. A natureza está tão presente fora quanto dentro. Tudo concebido para alojar várias gerações... atravessar o tempo.

Desde que se casou, Aixa mora no palácio, onde sempre acolheu de bom grado os conterrâneos que chegavam do meu país... fosse qual fosse o credo. Queria fazer o que eu desejava que ela fizesse, me contentar.

O marido morreu, os filhos estão casados: Henrique, o mais velho, Francis, o do meio, e Lisa, a caçula.

Henrique agora quer demolir o palácio para vender só o terreno... "negócio mais rentável..." *Mamãe já não recebe. Não há mais por que ficar lá.* Como se, por ter ficado idosa, Aixa não tivesse direito ao que é dela.

Ao nascer, esse neto foi acolhido como um príncipe. *O primogênito de Aixa! O que vai seguir em frente com o que é nosso!* Pois ele ousou levar a mãe para um apartamento minúsculo e sombrio. Num quarto dorme ela, no outro, Nádia, que foi governanta do palácio e, por força das circunstâncias, se tornou dama de companhia dela. A sala é tão pequena que é necessário virar de lado para passar entre os móveis.

Henrique foi logo cedo buscar a mãe. Um dia frio de céu nublado em que a ventania derrubou várias árvores. Aixa ainda estava no quarto, de penhoar, tomando o café numa mesinha. Sorriu para o filho e se afastou abruptamente na cadeira quando ouviu:

— Vem comigo.

— Por quê? Morreu alguém?

— Não faz drama, mãe. Vem comigo.

— Ir para onde, filho? Desde ontem eu estou tossindo. Não posso sair.

— Você vai para outra casa.

— O quê?

— Depois te explico...

— Não explica nada. Sai daqui. Nem vestida eu estou...

Henrique foi mordido quando tentou levantar Aixa. Horrorizada, Nádia gritou:

— Deixa tua mãe em paz.

Henrique quis se manifestar, mas quem falou foi Aixa.

— Daqui não saio, não vou para nenhum outro lugar.

Segurando no castão de prata, ela bateu no filho com a bengala até perder os sentidos e cair no chão. Só voltou a si já no cubículo. À noite, o rosto estava roxo, ela gemia e falava sozinha. *O filho mais velho... ingratidão! Com que direito ele me tirou de onde eu morei a vida inteira?*

Por causa da queda, Aixa ficou com um galo no meio da testa. Na manhã seguinte, passou os dedos no calombo e foi se olhar no banheiro. Para evitar que ela se visse, Nádia teve a delicadeza de tirar o espelho.

— Um armário sem espelho?

— Tirei, porque está quebrado.

— Preciso ver meu rosto.

— Calma... não aconteceu nada.

— Calma porque não é com você...

Aixa deixou Nádia falando sozinha e foi para a sala. Antes não tivesse ido: ela se viu numa bandeja de prata.

— Pareço um hipopótamo. Cadê o meu rosto?

Fechou os olhos e apertou as pálpebras para não enxergar mais nada. Só quem pode se aproximar é o cachorro, que deitou no chão com a cabeça em cima da pata. Um cachorro de caça, que mereceu ser chamado Campeão... um *pointer* inglês. Aixa se abre com ele.

— Não sei mais o que significa ser mãe. Se não é amada pelo filho, a mãe não existe. Que mal fiz eu? Não ouço o relógio tocar as horas... não dou corda nele, fiquei sem o espaço e sem o tempo...

A querida fala e Campeão, com os olhos mais tristes, late como quem soluça. Depois, passa a língua no pé de Aixa, acaricia a dona.

Nunca imaginei que Henrique pudesse destratar a mãe ou pensar em demolir o palácio, um verdadeiro memorial. Quantos imigrantes foram recebidos lá... Pôr abaixo, como se o passado fosse de somenos! O dinheiro perverteu os meus. O porquê, não sei. Só sei que eles sucumbiram no fundo negro do esquecimento. Por causa do esquecimento, a história não para de se repetir, a crueldade... Só a rememoração pode evitar tanta repetição, estancar o mal.

2

Se não fosse a guerra, eu não teria saído do meu país. O nome do país, não digo de propósito. O que importa não é ser deste ou daquele, e sim o fato de você ser obrigado a deixar o lugar onde vive, fazer depois a travessia, correndo o risco de não sobreviver. Uma desgraça atrás da outra! Tive que tomar a decisão mais drástica... *a largada ou a morte*. Antes de largar, eu não imaginava o que podia ser o mar aberto, o medo de ser devorado pela água ou mesmo assassinado no navio. *Sai... este lugar é meu. Sai ou eu te jogo*. A lei do mais forte no navio e na terra de chegada. *Volta para onde você nasceu*. Como se o homem fosse obrigado a viver no país natal. *A terra aqui é nossa. O mar é seu.* Uma barbárie... sem direito de asilo não existe civilização.

Na minha época, havia menos gente e mais lugar. Sobrevivi e salvei a descendência. Se não tivesse saído da aldeia, os meus estariam num país funesto, expostos a uma violência interminável.

Vai embora, a mãe me disse, com os olhos incendiados pela determinação.

— Vai já.
— Como?
— Como der... a pé, com o burro, põe a sela e vai.
— Para onde?
— Não sei. Só sei que aqui não tem mais jeito. Você está à mercê do exército inimigo. O seu amigo já caiu na mão deles. Por que você acha que isso não pode te acontecer? Se você não for embora, Omar, eu me mato. Perdi seu pai. O risco de te perder, não posso correr.

Impossível contrariar a ordem de Hani. Todos devem a vida à mãe, eu devo duplamente.

Por sorte, quando ela me deu a ordem de largar do país, eu já havia sonhado com o longe. Não por ter lido, e sim por ter ouvido falar. O passatempo na aldeia era contar e ouvir.

Mas o credo de *uns* e de *outros* não era o mesmo. Com o mel das palavras, nós degustávamos o fel da intolerância. *Diga-me a que religião você pertence e eu te direi quem és. Ou você reza comigo ou você reza contra!* Como se todos nós tivéssemos nascido para a mesma fé. Tanto Uad quanto eu fomos vítimas desse *ou ou*, a ditadura da fé que existia e ainda existe lá.

Uad era o meu melhor amigo, carregador na loja de tapetes onde eu trabalhava. Quando o patrão não precisava dele, se agachava na rua e ficava encostado no muro, uma corda enrolada na cintura. Até que alguém chamasse.

— Vem cá, Uad. Me ajuda.
— Vou já. A senhora manda.

— Está pesado.
— Tanto faz o peso... estou à disposição.
— Quanto é?
— A senhora depois dá o que quiser.

O amigo atravessava a aldeia mais de uma vez por dia com um saco nas costas. O pescoço baixo e os olhos no chão. Só levantava a cabeça para cumprimentar os que passavam. Além de *bom dia*, dizia o nome da pessoa, porque reconhecia pelo sapato. Quem fosse capaz disso, identificaria Uad por uma botina rasgada, através da qual aparecia o dedão do pé... dedão que ele levantava quando o patrão dava uma ordem. Para cima, em estado de prontidão. Para baixo, ao se sentir aliviado — como se dissesse *ufa!* A botina contrastava com o turbante de muitas voltas, que dava a ele um aspecto imponente.

Uad tinha orgulho de ser quem era, porque foi para um carregador que Simbad, o marinheiro, contou suas viagens. Na aldeia, Simbad não era um personagem, um ser fictício — ele era um deus. Todos descendiam de gente do mar... gente que gostava de se aventurar. As galeras transportavam as cargas mais pesadas. A proa era forte e a popa tinha um remo que servia de leme. A embarcação usada dependia dos mares e das mercadorias: madeira de cedro ou pinho, âmbar, ébano, marfim, ouro, seda... Chegaram onde nunca ninguém esteve, atravessaram o Mediterrâneo e ousaram o Mar Oceano, o Mar Tenebroso. Alguns se tornaram mais ricos do que os reis... possuíam tantas moedas quanto os grãos de areia no deserto. A divisa deles era *Melhor comerciar do que guerrear.*

Mas, desde sempre, o espectro da guerra rondou meu país. A ganância, o preconceito... *Como pode você pertencer a esta seita? se vestir e se alimentar assim?* O pior é que ninguém sabe quando a coisa vai explodir e que armas vão ser usadas. Para o ódio, nenhuma arma é suficiente.

3

Antes da guerra, a vida na aldeia era boa. Assim que a loja fechava, Uad e eu íamos conversar e fumar o narguilé... fumar saboreando o gosto do *tambac*. Depois de passar o dia em silêncio, estendendo e enrolando tapete, era uma bênção ir para o mercado e ouvir as histórias que ele contava. Dizia *era uma vez* e ia em frente. Se deixava embalar pela própria voz. Às vezes, fechava os olhos para não se distrair. Os contadores tradicionais, os *hakawati*, usavam túnica de brocado e babuchas douradas. Pela sua convicção, Uad dispensava vestimenta especial.

Nunca me esqueci de como ele contava a história de Simbad. Sempre falava primeiro de Simbad, o carregador, que conseguiu entrar no palácio de Simbad, o marinheiro, por ter invocado Deus em voz alta. "— O proprietário do palácio tem o mesmo nome que eu. Estou nessa miséria, suportando a infelicidade e penando... Há criaturas que gozam do repouso, enquanto outras se tornam mais e mais miseráveis. Por que isso?"

O marinheiro escutou e fez o carregador entrar. Uad insistia que o nome dos dois era o mesmo. Talvez para dar a entender que, por serem iguais, os homens devem ser tratados da mesma maneira.

Na época, eu ouvia sem refletir sobre os ensinamentos da história. A começar por Simbad, o carregador, só ter encontrado Simbad, o marinheiro, porque manifestou sua indignação. A palavra é poderosa... Qualquer homem do comércio sabe da importância da persuasão, a verdadeira arma dos meus, embora a palavra tenha sido substituída pela arma de guerra.

Ainda estão pagando por esse erro, e a tragédia pode durar até o fim dos tempos. Há tantos mortos que não tem mais lugar para os corpos no cemitério. A vala comum é o destino de todos. Só quem emigra sobrevive. Mas a largada também pode significar a morte.

Simbad é um náufrago que sempre se salva. Por isso, Uad contava a história dele.

— Navegou dias e noites, indo de um a outro continente, vendendo, comprando... acumulando riqueza. Até chegar numa ilha verde, onde o navio acostou. Imaginando que fosse o jardim do paraíso, ele desceu. De repente, o chão começou a tremer. Não era uma ilha, era um peixe que flutuava na superfície e podia ir para o fundo do mar. Podia e foi. O náufrago só escapou por ter se segurado firmemente numa tábua. Até ser atirado pelas ondas na Ilha do Rei Prodigioso.

Simbad podia se arriscar, porque era observador e capaz de improvisar uma saída. A história dava a entender isso, porém eu só entendi depois, lutando para conquistar meu lugar ao sol, ou melhor, à sombra — por ter emigrado para um país tropical.

4

Vivi suando em bicas. Agora, já não sinto calor. Morto nenhum sente, porque não tem corpo. Nem por isso o morto deixa de existir. Para os povos primitivos, ele é sobre-humano... fazem mais de um culto em sua homenagem. Não quero ser cultuado, apenas contar a história e vencer o esquecimento.

Não nasci em berço de ouro, mas meu enterro foi dos mais luxuosos: caixão de mogno com alças douradas! Isso porque Aixa era jovem e poderosa, bastava dar uma ordem para ser obedecida. Ninguém teria ousado contrariar a querida, fazendo economia no enterro do pai dela. Henrique só tirou Aixa do palácio porque ela já não tem força. A idade... artrose nos joelhos e nos pés...

O caixão de mogno foi posto por quatro homens numa carruagem puxada por cavalos com plumas na cabeça e capas negras. Três empregados do palácio e o quarto era Henrique, que fez questão de segurar a alça do féretro... estar ainda com o avô, que o ensinou a montar: "— Verifica a cilha, ajusta o estribo, sobe pelo lado esquerdo."

A carruagem saiu do palácio, seguida por um cortejo de trezentas pessoas... parentes, amigos e conhecidos. As janelas das casas vizinhas iam se abrindo uma a uma. *Nunca mais bom-dia, nunca mais boa-tarde...* Pouco tempo e a carruagem alcançou a avenida principal. Seguiu por um piso de pedregulhos, ao lado do trilho do bonde elétrico. A avenida era um mosaico de palacetes de estilos diferentes — florentino, mourisco, neoclássico, *art déco*... — e ficava no lugar que servia de passagem da boiada quando eu cheguei neste país.

Morri de morte esperada, por causa da diabetes. A doença estava avançada quando a insulina foi descoberta, e eu só resisti quatro anos. Quiseram me amputar o pé. Não deixei. Viver como inválido? Preferi ir embora aos 55. Hoje, diriam que morri jovem. Na verdade, a idade não importa. Só o que a pessoa fez conta e, também por isso, existem as carpideiras. Antes de ir para o cemitério, conforme a nossa tradição, eu fui devidamente carpido.

Devidamente talvez seja exagero, porque uma das carpideiras descarrilhou. Tivemos uma aventura e, em vez de lamentar a morte de um grande homem, como Aixa esperava, a mulher lamentou a desaparição do "homem mais quente, o mais... que viveu nos trópicos". O nome dela era o de uma índia do rio Amazonas, Yara, que atraía os homens com uma melodia irresistível e cegava o indivíduo com quem desejava casar.

Não era conhecida de ninguém e talvez estivesse no velório para seduzir algum outro com seus lábios grossos e seios fartos. No intuito de impedir que Yara se tornasse mais inconveniente, Alma, uma conterrânea, tomou a palavra a pedido de Aixa.

— Como pôde a morte levar o nosso Omar? Um homem capaz de dominar um leão. Quem não ouviu falar do que ele fez ao chegar aqui? Impediu que uma menina fosse esmagada na rua por uma carroça. Deu um salto e segurou a carroça pela roda de trás!

Alma não contou que eu fiquei com a roda na mão, caí no chão e os cavalos desembestaram pela cidade. Só estava no velório para me engrandecer e provocar o choro, que era obrigatório. Não chorar podia ser considerado um escândalo.

— Tão forte! Um verdadeiro gigante! Comia uma dúzia de ovos fritos. Quis fazer isso quando ganhou o primeiro dinheiro aqui. O dono do bar não acreditou que ele pudesse pagar. Omar colocou o dinheiro em cima do balcão e bateu na madeira dez vezes, contando: *wahid, ithnan, thalatha, arba'a, khamsa, sitta, sab'a, thamania, tis'a, ashara...* Um homem tão determinado quanto generoso. Não fazia um único jantar sem servir os pobres da vizinhança. Mandava matar um carneiro só para eles. Nunca deixou de abrigar quem precisasse. Hospedava os conterrâneos recém-chegados durante meses.

O carneiro para os pobres me garantia a paz no bairro. A hospedagem eu também dava para empregar os conterrâneos recém-chegados. Isso, Alma não contou e só parou de falar quando, segundo a tradição, o jantar foi servido para os que passariam a noite me velando. Primeiro o *labaneh*, temperado com hortelã e alho. O *labaneh* e a bandeja com tomate, pepino, cenoura, rabanete, azeitona, como em qualquer país do Oriente Médio. Só depois, os pratos feitos com carne de carneiro ou frango, perfumada com ervas do jardim e as especiarias usuais — gergelim, cominho, açafrão. Durante o resto da noite, chá de menta a pedido de Aixa, que só parava de chorar para beber. Como se precisasse se hidratar para chorar mais ainda a morte do pai. Um fio de lágrima caía continuamente dos seus olhos.

Apesar da presença dos familiares, ela se sentia só, acabava de perder o protetor. *O pai era a pessoa com quem eu mais falava. Sem ele, a mãe não vive, sem as palavras de mel. Amor como o dele... Por que Omar não aceitou que o médico amputasse o pé? Verdade que eu também não aceitaria. Mas ele me deixou sozinha!*

Aixa intuía que, na minha falta, o marido faria o que bem entendesse na empresa. Dib nunca foi de dar satisfação. Saía de manhã, voltava à noite e não falava do trabalho em casa. A empresa não era assunto para tratar com a mulher. A bem da verdade, não sei que assunto ele tratava com ela. Os dois pouco se falavam, os interesses de um e de outro não eram os mesmos e havia discordância. Mais de uma vez ouvi Aixa gritando no quarto e blasfemando contra Dib no corredor.

Meu genro só queria saber dos negócios e só falava deles com Henrique. Nunca viu o menor defeito no filho mais velho. Podia Aixa se queixar da permissividade do marido, Dib não dava ouvidos. Cabia a ela se ocupar do palácio, preparar as recepções e acolher meus conterrâneos recém-chegados. Isso ela sempre fazia com prazer. À sua maneira, Aixa era uma embaixatriz.

Além de não contar com o marido, no velório, Aixa não podia contar com a mãe. Ao me ver no caixão, Íris começou a gritar, batendo no peito.

— Por que você me deixou, Omar? O melhor dos homens... Não quero viver sem você...

Íris se lamentava até perder o fôlego. Depois, baixava a cabeça e ficava soluçando. Só saiu de perto do corpo graças a uma empregada que trabalhava com ela na cozinha.

— Vem comigo, Dona Íris, não sei fazer o *baka* sozinha.

A mulata Maria, de carapinha e olhos verdes, queria dizer *baklava*. Como não se concebia sem o dever dos doces, Íris foi fazer a massa folhada, rechear depois com amêndoas e regar com calda de mel. Continuou a cozinhar para a família até o fim, mas parou de falar depois que eu morri. Às vezes, chorava de pena de si mesma e cantava *Omar, vem me buscar. Quero ir para onde você foi.* A fim de consolar a esposa, sussurrei *iahabibe* no ouvido dela. Não devia ter feito isso. A partir daí, ela passou a dizer que o meu enterro havia sido uma farsa e eu estava vivo, embora não estivesse presente.

Íris se isolou cada vez mais para me ouvir. Ia ter comigo logo cedo no jardim e ficava até o entardecer com o *kombolói* de contas de âmbar comprado na aldeia, décadas antes. O *kombolói* ficou para Aixa, que se valia dele quando ficava sozinha no terraço do palácio.

O terraço dava para o jardim e era um espaço vazio. Mas, *para Dona Aixa*, o mordomo punha uma poltrona logo que ela chegava. A querida lia diariamente os jornais e gostava de fazer isso ao ar livre, tomando café e fumando. Só tive uma filha, porque nunca resisti às belas... fui vítima do *treponema pallidum*. Uso o nome latino para não pronunciar a palavra sífilis, sinônimo de vida sexual depravada. O latim, no meu tempo, servia para evitar a difamação. Mas o *treponema* me impediu de ter os filhos que desejava. Se estivesse a par da minha vida íntima, a carpideira não teria contado isso. Carpideira nenhuma desqualifica o morto.

5

Dizem que foi o branco do leite que deu nome ao meu país. Deve ter sido o branco da neve, que nunca falta no topo das montanhas. O leite pode faltar. A terra é supliciada por uma disputa milenar entre clãs para os quais só o mando importa. Na disputa, os pactos se multiplicam, o aliado de hoje é o inimigo de amanhã. A guerra irrompe sem mais nem menos. O sangue escorre pelas valetas, convocando para a luta, e o povo vaga esfomeado. Houve até quem comesse o semelhante para não morrer. Foi a montanha que, durante séculos, deu abrigo aos que precisavam se refugiar.

O lugar me destinava a ser refugiado ou emigrante. Aceitei o destino. Quem não faz isso se opõe a si mesmo. Deixei a montanha, as árvores majestosas... as florestas de madeira imputrescível! Quando era feito com ela, o casco do navio resistia a qualquer navegação. Os ancestrais puderam sobreviver graças a essa madeira. Até isso meus netos ignoram, porque eu não contei. Gostava mais de estar com os que vieram da aldeia, os que falavam a mesma língua. O som dela me acalentava, as lembranças comuns... Quem emigra não tem uma personalidade só. Com os do país natal, é um. Com os do país da imigração, outro. Os da aldeia eram como eu; os descendentes, já não. Para transmitir a cultura de lá, eu teria precisado contar a eles como era a vida na aldeia. Não fiz isso. Achei que bastava ser arrimo da família. Um engano, claro. O seu neto não será o seu neto só por ter nascido do ventre da sua filha. O cordão umbilical não é garantia.

Nasci numa aldeia encravada num promontório. No centro, havia ruelas com casas de pedra. Algumas abandonadas pelos que partiram, reduzidas ao esqueleto. Toda família tinha alguém noutro país e vivia à espera de uma carta.

— Om, chama logo a tua mãe. Chegou um envelope... está pesado.

— Deve ter dinheiro. A mãe precisa. Até o trigo está faltando.

— Então, levanta e vai chamar tua mãe.

— Vou. Depois, eu chamo o vizinho.

— Para quê?

— Todo dia ele pergunta se chegou carta... gosta de ouvir.

Om lia, repetindo as frases mais importantes. A história era ouvida com o maior interesse. Por sentirem falta do parente? Ou por terem inveja de quem ganhava mais? Francamente, não sei. Coração dos outros, a gente não conhece.

A maioria lá cultivava o bicho-da-seda... a tradição era essa. A mãe cuidava do bicho dia e noite durante quatro semanas. Nesse período, era obrigatório falar baixinho e não evocar a morte. *Não grita. Não fala de tragédia nenhuma.* Não havia risco de vendeta, pilhagem ou assassinato — as facas e as foices ficavam guardadas.

O bicho passava por três mudas antes de se tornar adulto e secretar a baba, o fio da seda, o nosso ouro, que chegava a ter mil metros. O bicho daí se enredava no fio até formar um casulo branco. No interior, a lagarta se tornava crisálida e depois borboleta. Mas, assim que isso acontecia, nós matávamos a crisálida. Se não matar, a borboleta se agita e estraga o casulo...

Hani abafava os casulos e punha na água fervendo. Descolava as extremidades do fio com uma vassourinha e enrolava num sarilho. Me ensinava o cuidado quando eu ia ajudar.

— O fio é precioso... vai devagar. Para enrolar, não pode ter pressa.

— Não estou com pressa.

— Sua mão está pesada. Só quem tem mão leve faz isso bem.

Desde que me conheci por gente, a mãe era viúva. Não sei com que idade o pai morreu. Hani ignorava e também desconhecia a data do próprio nascimento. Dizia que nasceu três dias antes da Páscoa e era só. A relação com o tempo era diferente... outra época, um lugarejo na montanha.

O pai morreu durante uma batalha provocada pela briga entre dois camponeses. O primeiro pertencia aos que eu chamo de *uns*, e o segundo, aos que eu chamo de *outros*. Depois da briga, houve uma luta e muitos feridos nos dois campos. Os clãs se reuniram para acabar com a violência, mas não houve como. Quando o ódio toma conta, ninguém resiste.

O clã dos *uns* conseguiu o apoio de 500 homens e continuou a provocar incidentes. O clã dos *outros* foi apoiado por homens das aldeias vizinhas e se preparou durante todo o outono e o inverno para um novo enfrentamento. Os jovens se uniformizaram e as notícias de morte e vingança começaram. A família era obrigada a lavar o assassinato com o sangue do assassino. *Não vai vingar o irmão? O que falta para você se decidir? Se você não matar, mato eu. Respeito, a gente não mendiga, impõe.*

O clã dos *uns* sofreu mais perdas e entrou em pânico, famílias inteiras saíram da aldeia. Dos que ficaram, ninguém sobreviveu. Os *outros* matavam homens, mulheres e crianças. Decepavam com a foice e, não satisfeitos, empalavam a cabeça. Isso ficou registrado nos livros. Quem vive está sujeito a ver crimes hediondos. Nós somos descendentes de gerações e gerações de assassinos. A crueldade é hereditária.

Hani ouviu tiros no telhado da casa e viu dois cavalos entrarem pela porta da frente. Meu pai, que havia sofrido um acidente e estava na cama, foi decapitado. A mãe conseguiu escapar pelos fundos. Não pôde se abrigar no vizinho... a casa estava em chamas. Os jovens uniformizados chegavam nas aldeias com a firme determinação de não deixar pedra sobre pedra, obedecendo à mesma ordem de matar, pilhar e incendiar. *Fogo, soldado, vai.* A mãe quis entrar num mosteiro e se afastou ao ver o monge... os olhos furados. Um pouco adiante, passou por duas freiras nuas da cintura para baixo, inteiramente largadas embaixo de uma árvore.

Medo de estupro... Hani apressou o passo e foi se esconder numa falha da montanha. Durante três dias, só saiu do esconderijo para beber a água de uma fonte numa gruta. Se alimentou de folhas, como as cabras, até encontrar uma tamareira.

Deixou o esconderijo porque estava grávida. Se continuasse escondida, o filho morreria. Se enveredasse pela montanha, nós dois corríamos o risco de morrer, mas podíamos nos salvar. A mãe ousou sair e foi em frente. A vida obriga a fazer escolhas. Certeza de que é a boa, a gente só tem depois. Caiu? Levanta e se equilibra de novo.

Hani desceu por um rochedo que parecia uma rótula gigante e subiu por outro. Devagarinho para não cair, me protegendo. Chegou na casa dos pais quando não podia mais andar. Ao dar à luz, quatro meses depois, estava com os cabelos brancos. Trabalhou até sentir as dores do parto. Se agachou e se preparou para o nascimento. Fez a força necessária e cortou o cordão umbilical sem ajuda, como as mulheres de lá. Ouviu meu grito e viu uma borboleta branca passar.

Ao me olhar, fez o que toda mãe devia fazer. Jurou que o filho nunca pegaria em armas, faria tudo para evitar a guerra. A jura se cumpriu, apesar de eu ter a mesma força física do pai, que vencia na luta os campeões das aldeias vizinhas.

Pena que ela não tenha jurado por todas as mães. *Juro que nenhum dos meus se deixará vencer pelo ódio, nenhum se entregará a atos ou palavras capazes de cegar o próximo.* A palavra da mãe é sagrada... capaz até de frear a guerra.

6

Sempre fui de paz e nunca me passou pela cabeça que os meus se digladiariam. Mas a violência que existia lá se reproduziu aqui, tomou conta deles. Aixa viu os filhos se oporem uns aos outros. De repente, um irmão não falava mais com o outro, não ia à sua casa, os primos se ignoravam.

O maior responsável pela briga, na verdade, foi meu genro, Dib. O imprudente fez um testamento secreto, igual ao que se fazia na aldeia... a parte do leão para os homens, o restante para as mulheres. Quis perpetuar a tradição. Mas a tradição de lá não é a daqui, e ele dividiu os filhos. Não levou em conta a realidade, agiu como se não tivesse passado de um continente para o outro. Lisa, sua filha caçula, não se conformou com a injustiça. *Por que os homens foram privilegiados? O que há de errado comigo?* Depois, não quis mais saber da família. Apoia o irmão que quer demolir o palácio, se aliou a Henrique. *Pouco me importa que não fique pedra sobre pedra... pode o palácio desaparecer. Quero o dinheiro e pronto.*

Francis é contrário à demolição. *Não sei onde meu irmão está com a cabeça, ele não se dá conta do que o palácio significa.* Francis não se conforma, mas foi ameaçado de morte pelo mais velho, que tem ciúme da mãe. *Para ela, só o filho do meio existe, o asmático. Que culpa tenho eu de ter saúde? Sou como Dib.*

Depois da ameaça, Francis sonha com um dragão que mata um homem. Acorda com crise de asma e passa o resto da noite tentando respirar. Cadê o inalador? Chega a dormir de olhos abertos para evitar o pesadelo. Poderia fazer um processo contra Henrique. Só que ele não concebe isso. *Entrar na justiça contra meu irmão? Seria uma facada no coração de Aixa, que é mãe dele também...* Como pode Francis se omitir em nome da fraternidade quando de fraterno Henrique não tem nada?

Se eu soubesse o que a herança pode fazer com os herdeiros, teria doado meus bens em vida. Os irmãos se perderam um para o outro, e Henrique foi abandonado pela esposa, Eva, uma fã incondicional do palácio:

— Deixa todos boquiabertos. O exterior é simples, mas o interior é decorado do chão ao teto. Não tem um único vazio. O que mais impressiona é a torre. Os dois andares de baixo poderiam servir para uma festa. Do alto da torre, a gente vê a cidade inteira. De um lado, os palacetes dos imigrantes enriquecidos e dos industriais. Do outro, o casario dos artesãos, que construíram os palacetes, e, ao longe, na mesma direção, o centro da cidade, com o prédio mais alto do país, trinta andares!

Henrique Salem... pente fino/ pente grosso/ colarinho pro pescoço... E o pau do Henrique é fino ou grosso?

Quatro meninos deitaram o infeliz no chão do pátio e um quinto tirou a calça dele gritando *Henrique Salem...* O bedel ouviu e socorreu. Depois, sem dar explicação, Henrique se recusou a voltar para a escola. *Não vou, não vou...* Quando ele enfim se abriu comigo, sem contar o fato, eu convenci meu genro a transferir o filho para outra escola. Henrique exigiu que fosse a dos mais ricos da cidade. Quis evitar assim a inveja dos colegas menos afortunados. Desde que foi agredido, ficou desconfiado e arrogante. Só anda com as pessoas do seu pequeno círculo de amigos ricos.

O pior é que ele agora não atende a mãe. Pode Aixa insistir.

— Telefona para o Henrique, Nádia.

— Melhor ligar para o Francis...

— Não quero. Peço uma coisa e você faz outra. De uma dama de companhia como você, eu não preciso. Volta para o lugar de onde saiu!

— O quê?

— Não amola que eu conto para o meu pai. Quem te contratou foi ele.

Nádia não entende o que está acontecendo com Aixa. *Conto para o meu pai... Como pode ela dizer isso? Seu Omar está morto...*

Aixa se fecha no quarto e me chama.

— O que eu faço, pai? Não ouço a sua voz. Henrique mora nesta cidade como se morasse noutra. Nádia não me obedece. Tropecei e bati a testa. Se você visse o galo! Nádia diz que meu rosto voltará a ser como era, mas eu não acredito.

A dama de companhia se tornou o bode expiatório de Aixa, que só quer falar comigo. Nunca suportou ser contrariada e com o pai ela não corre esse risco. Não sussurro o meu *iahabibe* no seu ouvido para ela não se isolar como a mãe, que vivia só para me ouvir. Se eu fosse um fantasma, poderia amedrontar Henrique, para ele desistir da venda do palácio. *Ou você leva sua mãe de volta ou sua casa vai pegar fogo*. Mas eu não sou um fantasma, sou um morto que não descansa em paz por causa dos vivos e o meu poder é só o de rememorar... um guardião da memória.

7

Para dar limites a Henrique, Aixa teria precisado enfrentar Dib diariamente, mas ela não quis. À diferença de Aixa, Hani me ensinou que nem tudo se pode, e tia Laila contava uma história sobre um juiz desonesto, apelidado *Sê justo*.

— Os órfãos da cidade estavam sob a tutela do juiz. De tão perverso, embolsava metade do que estava destinado aos pobrezinhos, um verdadeiro canalha. Durante anos, ele roubou. Até que um anjo vingador fez do juiz um paralítico.

Vivi até os 12 anos com Laila e Hani, só entre a casa e o jardim. Colhia e punha as azeitonas na água salgada, que a mãe trocava durante quarenta dias. Tudo lá era demorado. Com isso, aprendi a paciência. Sem ela, eu não teria sobrevivido. Quem não tem paciência se dá mal no comércio. Além da prontidão, o comércio exige calma. Se você não tem calma, compra e vende mal. Lá, se dizia que o bom vendedor senta na montanha e espera acontecer.

As azeitonas, Hani preparava apenas para a família. Depois de postas na água, ficavam quarenta dias no sol antes de ir para o óleo perfumado. Quem recolhia era eu, e ter ajudado Hani na cozinha foi uma sorte. Por incrível que pareça, graças a isso consegui fazer a travessia.

Carne assada, nós só comíamos em dia de festa. Se eu trabalhasse no açougue, comeria mais. Consegui um lugar de ajudante. Só que, um dia, vi matar um carneiro... O açougueiro cortou a jugular. Quase desmaiei.

— O menino não pode ver sangue e quer trabalhar comigo? Não dá.

Tive que ficar ajudando a mãe na cozinha e na plantação. Todo quintal tinha uma horta, um tomate que eu só comi lá... a terra era outra, o sol. A planta ficava amarrada numa cerca e nós colhíamos na hora de comer.

— Cuidado para não estragar. Vê se não joga o tomate na cesta, arruma direito para um não bater no outro. Se amassar, não presta.

Nós plantávamos, colhíamos e armazenávamos, fazíamos de tudo. Só não ordenhávamos vaca, porque na montanha não havia pasto. O leite era de cabra. Fui alimentado com ele quando nasci. De tanto sofrimento durante a gravidez, o seio da mãe estava seco.

Na aldeia, a vida não existia sem o balido da cabra. Nunca deixei de ouvir... onde quer que estivesse. Nós até podemos nos esquecer da infância, mas ela não se esquece de nós. Sobretudo quando a pessoa emigra. Quem deixa o país onde nasceu e cresceu está destinado a uma saudade sem fim. Sinto falta da água da bica. Nenhuma outra matou minha sede como aquela. Nunca comi pão como o de lá. Hani preparava massa em casa e assava no forno central. Ia e voltava, sempre de preto, equilibrando a assadeira na cabeça... reta como um obelisco. O cheiro do pão quente abria o apetite... tão bom que eu comia só com cebola. Quando era embrulhado, durava quinze dias. Por nada nós jogávamos fora... *Se cair no chão, beija e come.*

8

Jogar fora eu nunca admiti. Talvez por isso não tenha ensinado Aixa a não desperdiçar, e ela, por sua vez, não ensinou aos meus netos. Henrique, formado *na melhor escola da cidade*, só sabe esbanjar. Como os outros novos-ricos, ele é perdulário. A escola da vida teria sido melhor, ensina o valor das coisas. Não me esqueço da primeira venda que eu fiz...

Fui ao mercado, porque o intermediário que comprava os casulos de Hani adoeceu.

— Você precisa ir vender os casulos.

— Por que eu?

— Você é o homem da casa.

Tive que ir. Na porta, havia um cospe-fogo de turbante branco. Um indiano que brincava com fogo e não se queimava. Parecia devorar o inferno. Talvez fosse o diabo. Só depois entendi que ele dava a ilusão de engolir, esguichando álcool pela boca.

Segui para onde havia uma centena de sacos no chão e uma gritaria incessante. *Boa qualidade, bom preço!* Se eu dissesse que o nosso casulo era o melhor, por não infringirmos a regra de falar baixinho e não evocar os mortos, ninguém me escutaria.

Andei com o saco nas costas até encontrar um conhecido, que mergulhou o casulo na água e exclamou *beleza*.

— Fio bom. Serve para fazer organdi!

— Porque nós, lá em casa, respeitamos as regras.

— Sei como é, conheço a sua mãe e a sua tia... amigas da nossa família. Manda lembranças.

O conhecido pagou sem discutir o preço, eu embolsei o dinheiro e voltei para casa, comendo biscoito em forma de meia-lua.

Hani não estava e foi para tia Laila que eu falei da venda.

— O homem não discutiu o preço com você?

— Não.

— Merda! Fomos roubados.

Por não saber o valor real da mercadoria, eu tinha vendido pelo que Hani recebia do intermediário. Como o comprador não negociou, tia Laila deduziu que não era o valor de mercado. Quando, para me justificar, eu respondi que se tratava de um conhecido, ela fez pouco, dando uma gargalhada.

Na aldeia, não existia negócio sem negociação. Pouco importava que fosse entre parentes ou conhecidos. O que interessava no negócio era o ganho. Não me ocorreu que pudesse ser de outro jeito, e a família agora está pagando por isso.

Baal se tornou sinônimo de dinheiro. Pensar que foram quatro anos para construir! Mais de quarenta operários e artesãos! A torre que lembrava um minarete, as colunas que vieram da Itália, o chão de mármore de carrara, a sala oriental, decorada com o estuque esculpido pelos artesãos do bairro italiano, a sala francesa com as paredes recobertas de seda. Havia, no terreno, um barracão especialmente para os artesãos. O gesso era misturado com pó de mármore para fazer a massa do estuque, aplicado na parede e esculpido conforme o desenho. No mesmo barracão, foram feitos os ladrilhos de cerâmica da sala de almoço.

Demolir o que foi feito com tanto empenho e arte é um crime, embora seja legal. No palácio, o Oriente e o Ocidente coexistem, as épocas e as culturas. Ao destruir Baal, os meus vão transmitir aos filhos o descaso pelos ancestrais. Serão vítimas de si mesmos. Pagarão pela desfaçatez com a desfaçatez.

Henrique ignora a história dos avós, mas sabe tudo sobre a de Henrique VIII. Adotou a divisa dele: *Quem me vê me reconhece*. Para fazer jus a esta divisa, que também se deve ao grande guarda-roupa do rei, gasta fortunas... Só usa ternos de casimira importados da Inglaterra. Diz *compro* sem pensar no que diz. Agora, até para a comida ele faz economia.

— O que o senhor dá não é suficiente para Aixa e eu comermos.

— Como assim, Nádia? Mamãe está inapetente. Por que você gasta tanto com alimentação?

— Sua mãe só come se eu fizer o que ela pedir.

— Preciso ver as notas do açougue e do supermercado.

— Trinta anos com a família, Henrique. Acha mesmo que vou embolsar seu dinheiro?

— Não acho nada.

Nádia não teve filhos e Henrique era a menina dos seus olhos. Não se conforma com a desconfiança. *Como é possível que ele me peça as notas? Isso é um insulto. Será que Henrique me maltrata porque estou cuidando da mãe dele? Porque tem ciúmes? Isso é monstruoso!*

Nádia trabalhou durante mais de trinta anos e foi bem paga. Se quiser, pode se demitir. Não precisa ser dama de companhia de ninguém. Só fica por Aixa, que já acorda falando comigo.

— Preciso sair daqui, pai... nem a luz entra e ninguém me visita. Os conhecidos, eu só encontro em sonho. Ontem, quem apareceu primeiro foi Lúcia, a amiga que eu prefiro. Vestido longo cor de mel e chapéu verde-garrafa. De saída, ela me disse que estou mais bonita do que nunca... me olha com os olhos do coração. Depois, chegou Sônia, com os brincos que você deu... topázios da sua coleção. Prometeu que ia me ensinar a voar e nós sairíamos daqui juntas. Do resto, não me lembro. Só sei que o relógio alemão bateu de hora em hora e, à meia-noite, uma estrela cadente entrou pela janela do salão. Os olhos de Campeão saíram das órbitas. Queria ir embora com a estrela. Se ele não me acordasse todo dia quando o galo canta, esfregando o focinho no meu rosto, eu não sairia da cama... nela, eu pelo menos encontro as amigas.

Francis visita Aixa, porém sai desesperado. A mãe faz ouvidos moucos. Decerto por não querer saber a verdade.

— Você doou sua parte do palácio para os filhos, mãe.

— Não doei coisa nenhuma.

— O documento que Henrique fez você assinar era a doação. Baal não te pertence mais, pode ser demolido e vendido.

— Mentira sua, Francis. Você não gosta do seu irmão.

— Infelizmente, não é mentira. Lisa apoia Henrique e, juntos, eles têm dois terços do imóvel.

Pode Francis insistir, Aixa não escuta. Prefere ignorar a traição a maldizer o filho mais velho. *Assina, mãe*, e ela foi em frente.

Lisa mora fora da cidade e, quando faz visita, leva doces. *Assim, pelo menos, mamãe come alguma coisa.* Aixa é diabética. A caçula talvez deseje a morte dela. Sempre a criticou. *A família, para mamãe, não existe... ela vive só para a sociedade, sempre teve preferência pelas amigas. Vestido para Lúcia, chapéu de paetê para Sônia, uma bolsa para Alice... Quer as três sempre elegantes.*

Lisa só gostou mesmo do pai, que fez o testamento injusto, mas recorria a ela quando ficava doente. A caçula queria ser médica, e Dib valorizava essa vocação, mas não a apoiou verdadeiramente — não deixou que fizesse a faculdade.

Que família! Os dois netos brigando continuamente, e Lisa injustiçada... Se eu tivesse imaginado isso, não teria me casado. Como se fosse possível! Quem nascia na aldeia, estava destinado a constituir família. Agora, é um desentendimento só.

9

Hani, tia Laila e eu nos amávamos e nos entendíamos sempre. A sobrevivência, na aldeia, dependia disso. Fome, não passei. Mas ficou impossível viver só com a produção de casulos. A concorrência aumentou, o preço caiu. Quando eu não voltava com o saco de casulos ainda fechado, chegava com pouco dinheiro. Hani se desesperava.

Por sorte, conheci Uad e consegui emprego na loja de tapetes onde ele servia. Comecei a aprender o ofício de vendedor. O primeiro cliente que atendi queria um tapete para o vestíbulo. No afã de satisfazer, mostrei uma passadeira. O cliente se levantou. Teria saído se o patrão não entrasse em cena.

— O rapaz é novo... não conhece a mercadoria. Mas diga, o senhor é de onde?

— Albas.

— Já estive lá. O melhor contador de histórias é da sua cidade.

— Um *hakawati*... babuchas douradas e túnica de brocado... É...

— Ouvi o *hakawati* contar a história de Azize...

— ... que morreu de tristeza quando perdeu Aziz. Um não podia se separar do outro, não podia esquecer.

— Azize era a lira de Aziz.

— Um fazia o outro sonhar acordado, era exatamente como o outro desejava que fosse. Não sei nem como isso é possível, ele dizia, fechando os olhos e juntando as mãos como quem reza.

— Um amor que justificava ter nascido.

— Cada cem anos, tem um contador como o da minha cidade.

— O tapete de Albas também é especial. Só que o motivo é diferente. O desenho aqui é geométrico. Nós gostamos de olhar os tapetes e ver as estrelas.

O patrão disse isso e fez um sinal para Uad, que trouxe vários tapetes antes de servir um chá. O negócio, na aldeia, se fazia saboreando o gosto de hortelã. Inclusive porque o tempo do negócio é o de quem esquece o relógio ou faz que esquece. Sem o faz de conta, o comércio não existe.

O homem enfim comprou. Quando ele saiu da loja, Uad, que estava ao meu lado, levantou o dedão. Sabia que eu me encontrava em maus lençóis. Pedi desculpas inutilmente ao patrão.

— Um vendedor que não escuta não serve para nada. O homem pede uma mercadoria e você mostra outra. Que absurdo! Onde você estava com a cabeça, rapaz?

— Me enganei.

— O comprador ia embora...

— Disse que ia pensar e voltava depois.
— Não seja ingênuo. Quem sai não volta.

Temendo perder o emprego, passei a examinar os tapetes cuidadosamente. Não podia mais correr o risco de mostrar a mercadoria errada. Acabei conhecendo todos os tapetes, tamanho, motivo e valor, que depende do número dos nós. Quanto maior o número, maior o valor. Disso eu tinha ouvido falar, porém na loja entendi o porquê. Podia não entender, vendo a moça que passava o dia inteiro na frente do tear, repetindo o mesmo gesto de fazer o nó? Íris nunca tirava os olhos do trabalho. Me perguntei se estava concentrada no ato de tecer ou em alguma fantasia. Alta e magra como Hani, os cabelos encaracolados, ela me intrigava. Ao entrar na loja, ia direto para o tear. Ao terminar o trabalho, mal dizia *até amanhã* e já estava indo para casa. De tão secreta, eu não ousava me aproximar. Mas, quando a lua aparecia no céu da montanha, eu só pensava nela.

Nunca me esqueci da loja... Conheci Íris e aprendi a ser vendedor. O decisivo é dizer a coisa certa na hora certa. O patrão não procurava convencer o comprador de saída. Deixava que assuntasse a mercadoria e ficava observando. Só quando o comprador se delongava, ele o levava a se decidir.

— Gostou? Fica com o tapete. Você não esperava encontrar um tão bonito assim. Foi um imprevisto. Mas o imprevisto não é o impossível.

— Depende do preço.

— Depende de você.

O patrão deixava de lado o aspecto matemático do negócio e exaltava o desejo do comprador. Só depois que este enfim se decidia, começava a última etapa da negociação. Daí, tentava obter o máximo. Sabia quando o *não posso* do outro era mentira. Sabia o que ninguém ensina: a hora certa de intervir.

10

Aprendi o ofício e me tornei bom de cálculo. O patrão propôs que eu fosse com Uad vender os tapetes numa feira da capital. Preparei a carroça e pus nela o pão preparado por Hani, ovos cozidos, tomates e azeitonas. Um farnel perfeito para a rota da aldeia até o litoral. Água, nós não levamos, há fontes na montanha.

A rota não era difícil, mas teria sido longa sem a presença de Uad e a história que ele contou no entardecer.

— Simbad foi parar numa ilha deserta. A fim de sair, fez o que você não pode imaginar: se amarrou na pata de um pássaro gigante. Só que o pássaro foi para um vale igualmente deserto. *Maldita hora em que deixei Bagdá! Daqui, não tenho como sair...* Simbad se amaldiçoou até descobrir que o chão estava repleto de diamantes.

Ele sabia — por ter ouvido falar — do ardil que os comerciantes usavam para se apropriar deles. Jogavam no chão pedaços de carne envolvidos numa cola em que as pedras ficavam grudadas. As aves de rapina iam pegar a carne para os filhotes e, daí, era só recuperar os diamantes nos ninhos. O marinheiro não teve dúvida. Se amarrou na carne e conseguiu sair do vale no bico de uma ave de rapina.

Gostaria de ter falado com Uad sobre Simbad, que sempre encontrava uma saída, porque era bem informado, além de ser observador e capaz de improvisar. Não foi possível conversar, porque, quando a noite é estrelada, os olhos são tomados pelo brilho e o silêncio se impõe. A menos que seja para nomear as estrelas, como Hani fazia, indicando primeiro a Polar.

— Olha, meu filho... bem ali... fica sempre no mesmo ponto. Nem precisa procurar.

Não sei se sou fascinado pelo céu por causa da mãe ou por ele ter sido tão importante para os meus antepassados, que precisavam escrutar o firmamento. Navegavam orientando-se pela estrela fenícia.

Deitei e fiquei observando a lua, que flutuava na transparência de uma nuvem. Sonhei depois com uma pedreira de onde extraía pedaços com um maçarico e depositava a duras penas no chão. De repente, o maçarico quebrou, e vi uma pedra cujo brilho quase me cegou, era dura e linda como um diamante. Simbolizava o meu desejo de enriquecer.

11

Acordei do sonho com o sol nascente; em seguida, Uad e eu rumamos para a capital. Chegamos numa cidade ainda deserta, ouvindo os passos do burro. Logo apareceu outra carroça, puxada por um maltrapilho de cabelos brancos. Ao ver que ele carregava cortes de tecido, deduzimos que ia para o mercado. Cumprimentei, mas ele não respondeu. Devia ser surdo.

Seguimos por uma rua de casas de pedra e ladeamos um bosque de pinheiros até uma praça com laranjeiras. Paramos para descansar. Teria sido bom tomar suco de laranja, mas eu me satisfiz com o perfume do jasmim. Me surpreendi, enxergando domos e minaretes. Inesperados para quem chegava de uma aldeia na qual uma das igrejas havia sido incendiada e a outra, abandonada. Também da praça, enxerguei um palácio — a residência do prefeito, o *hakim* — e uma caserna. Uma sentinela de bota e *tarbush* fazia a volta da caserna, segurando a baioneta. Pelo modo como estava vestida, era do Império, o poder que nos dominava. Pensei comigo mesmo que a presença da sentinela devia ser a condição da coexistência dos domos e dos minaretes e a guerra estava no ar. Sendo filho de quem era, eu não podia acreditar cegamente na paz. Meu pai foi assassinado e Hani era uma sobrevivente. A mãe nunca foi de fazer drama, porém não permitia o esquecimento, que não pode mesmo ser permitido. Sem a memória da guerra, das casas incendiadas, dos homens decepados, das mulheres estupradas, dos aleijões, das crianças órfãs que vagueiam mendigando comida, não existe paz.

Uad e eu deixamos a carroça numa rua sem saída e entramos no *souk* carregando os tapetes nas costas. O dono da loja a quem devíamos entregar a mercadoria ainda não havia chegado. Ficamos no degrau da porta, olhando as outras portas se abrirem. Vimos primeiro um homem passar, atrás de um asno carregado de peles que exalavam um cheiro ruim de couro fresco. Depois, outro, dobrado sob o peso de túnicas coloridas.

Na frente da loja, um velho dormia em cima de um balcão que dava para a rua. Abriu o olho direito, bocejou, coçou a orelha e pegou um boné. Só depois, abriu o esquerdo, girou o corpo para sentar no balcão e calçar as babuchas. Dissemos *bom dia*.

— Hum... o dia hoje começou cedo.
— Viemos trazer a encomenda... os tapetes.
— Vou abrir a loja, o dono também madruga.

Abriu a porta com uma chave de ferro e, pouco depois, o dono chegou, mandando servir chá para todos. O costume era o mesmo da aldeia, e eu me senti à vontade. Indiquei os tapetes, dizendo que a seleção havia sido feita pelo patrão. Uad desenrolou um depois do outro. No oitavo, o homem protestou. Tinha encomendado sete.

Olhei para baixo e vi o dedão de Uad, que subia e descia. Parecia tão desconcertado quanto eu. De repente, ele se saiu com:

— Os tapetes são diferentes um do outro e nenhum é tão bonito quanto o último.

Secundei o amigo, apontando no desenho o jardim do paraíso e concluí:

— Fica com este... você paga quando puder.

Só ousei a sugestão por ter me lembrado de uma venda na loja. O comprador entrou e viu um tapete azul-rei na parede. Bateu o olho e gostou. Mas não queria pagar o preço. O patrão, um ás do comércio, não insistiu, desconversou e passou a trocar ideias com o comprador. O impasse acabou sendo resolvido pelo patrão.

— Paga o que quiser e leva. Quem faz o preço é você...

Valorizou o desejo do comprador, que não só adquiriu o tapete como deu por ele o justo valor. Me servi do exemplo e, em vez do *paga o que quiser,* falei *paga quando puder.* Depois de fazer uns cálculos, o homem ficou com os oito tapetes.

O oitavo foi vendido a crédito. Só bem mais tarde entendi por que a venda a prestação funciona. O vendedor primeiro dá ao comprador um crédito de confiança, põe o outro no céu e faz ele se comprometer. Se o outro não paga, perde o crédito e se destrói. Quem não é de teatro não vende. *Mercadoria como esta você não encontra em lugar nenhum. Se pudesse, não venderia. A marca não é conhecida, mas isso não importa. Leva, você não vai se arrepender.*

O que eu mais queria era ficar rico. Imaginava que o dinheiro é sempre benéfico. Pois sim... Aixa acaba de ter um pesadelo aterrador.

— O diabo, o fogo do inferno... Socorro!

Nádia entrou assustada no quarto.

— O que foi?

— Um cachorro que parecia um lobo.

— Calma, Aixa.

— O cachorro rondava Baal, uivando na escuridão. De repente, o diabo apareceu com um tridente na galeria da torre... a abóbada começou a pegar fogo. O incêndio se espraiou e consumiu os arcos e as ogivas. Uma família que dormia no andar dos imigrantes morreu carbonizada.

— Um pesadelo... Esquece. Vem comigo para a sala. Já está quase na hora de nascer o sol. Podemos ver da janela. Vem.

Aixa resistiu, mas acabou indo. Apontou o horizonte e disse para Nádia que eu vou construir um palácio.

— Meu pai comprou um terreno; fica no ponto mais alto da cidade.

Foi o que eu fiz para construir Baal. Adquiri um terreno numa cumeada larga e reta, a conformação de um tampo de mesa. Foi primeiro uma chácara onde só havia mato cerrado e escravos fugitivos. Depois, foi lugar de mulheres vadias. Uma delas morreu assassinada por um *dandy*, que pegou sífilis e se vingou. A fatídica infecção... Não fosse a sífilis, Aixa hoje teria um irmão ou uma irmã, não estaria tão desprotegida, delirando.

— A torre do palácio será muito alta, porque meu pai nasceu no topo de uma montanha que a neve cobria durante o inverno. Os recém-chegados do país do leite e do mel vão ser recebidos lá.

A querida inventa um futuro que nunca terá, igual ao passado. Como se fosse possível acorrentar o tempo... Quer ir ver o terreno com Nádia, que tenta trazer Aixa para a realidade. Inútil, Aixa só se interessa pelo que imagina. Pudera! Teve que sair sem explicação da casa onde morou a vida inteira! Para evitar que fuja, Nádia tranca as portas do cubículo e tira as chaves. Telefona para Henrique, que não atende.

12

Aixa não quer ficar no quarto por causa do pesadelo. Passa a noite na frente da televisão ao lado de Campeão. Iluminada só pela luz da tela, parece uma morta-viva. De tão magro, o rosto ficou anguloso. Até para ir ao banheiro ela chama Nádia.

De que valeu ter trabalhado para dar à família a melhor situação? A segurança que a riqueza dá é ilusória. Mas quem se dá conta disso quando emigra? Quem larga do país natal fica ainda mais pobre do que os mais pobres, porque perde a língua materna. Na aldeia, nunca me senti pobre... Sobretudo quando estava com Uad.

Depois da venda dos tapetes, saímos do primeiro bazar para conhecer outro. Um cego pedia esmola, o amigo fez questão de dar uma moeda. Logo na entrada, havia um açougue. Pendurada por um gancho, a carne ficava exposta acima do balcão. Os gatos iam e vinham à espera das vísceras. Como na aldeia, se podia comprar cabeça de vaca ou de carneiro, além de peito, coxa, costela... todas as partes do animal eram aproveitadas. A pele para fazer artigos de couro, os cornos para pente, os pelos para o preenchimento de almofadas. Lá não se jogava nada fora, ao contrário do que acontece aqui. Tudo vira lixo, e o lixo fica a céu aberto.

Do açougue, Uad e eu passamos para as lojas. Numa primeira, havia uma infinidade de sacos coloridos. Só legumes e cereais — alcachofra, nabo, cebola, rabanete, alho, lentilha, arroz, ervilha... Na segunda, o vendedor expunha azeitonas verdes, vermelhas e pretas. Um pouco mais adiante, vimos sacos de damasco, ameixa, figo e diferentes especiarias — cravo, cominho, noz--moscada, *snauber*, pimenta-da-jamaica...

Aquilo deu fome, e Uad parou numa biboca que vendia sopa de fava com azeite de oliva.

— Vamos experimentar?
— Quanto custa?
— Não sei, Omar.
— Por que você não pergunta?
— Quem paga sou eu.

A sopa foi servida por um homem sorridente, com um bigode que emoldurava perfeitamente seu sorriso. Ali, também se jogava buraco sem aposta em dinheiro — a leite de pato, como se diz. De repente, um jogador fazia uma canastra, virava a mão em que segurava as cartas e batia com a palma na mesa. Dava a entender assim que o jogo estava acabado e a vitória era dele.

Do bazar de alimentos, passamos para o de couro. Por incrível que pareça, a pele era tratada com o cocô dos pombos... Tratada com cocô e tingida com um produto natural. Ato contínuo, punham a pele no sol para secar. A quantidade de babuchas era inimaginável! Da cor do açafrão, do pimentão ou da hortelã... amarelas, vermelhas ou verdes. Havia também as brancas e as pretas.

Quis comprar babuchas novas para Uad, mas ele resistiu veementemente. Como se a botina rasgada fosse a sua alma. Precisava da liberdade do dedão.

Andamos mais um pouco e fomos surpreendidos por um homem que falava para uma dezena de pessoas. De pé, em cima de um balcão, *galabia* e turbante. Virava para um lado e para o outro, procurando arrebatar todos os presentes, e se referia à visita do imperador.

— Um verdadeiro lorde... terno e gravata. Na proa do seu navio, o símbolo imperial, uma águia de duas cabeças. Desceu com uma vasta comitiva de condes, marqueses e barões... Mulheres de vestido longo, busto para a frente e anquinha atrás da cintura. Mais de duzentas pessoas! O *hakim* presenteou o visitante com um trono de cedro e foi presenteado com uma caixa de ouro e diamantes.

No seu breve discurso, o imperador convidou todos a ir para o país dele. Garantiu que receberia de braços abertos quem chegasse, *independentemente do credo e da cor*. Contou que a terra era sem fim e tudo o que se plantasse dava... um sol contínuo e uma vegetação sempre verde... um mar que banhava quilômetros e quilômetros de praias... um céu tão azul que nele até urubu cintilava.

O homem falava com o maior entusiasmo e devia ser um agente do imperador. Afirmou que nunca ninguém se arrependeu de ir para os trópicos e mais de um emigrante havia levado a família para lá.

Ouvi com atenção, tentando imaginar. A caixa de ouro e diamantes me fez pensar no vale dos diamantes da história de Simbad. A terra sem fim era uma preciosidade para quem vivia numa montanha árida. Só que eu não queria ser lavrador. Sempre ouvi falar da peste que acabou com a plantação na aldeia... da fome dos que se tornavam canibais.

Para nos certificar de que o imperador era bem-intencionado, o agente contou que ele fez uma doação aos pobres e foi visitar as aldeias. Terminou dizendo que tinha partido sem comitiva. Subiu e desceu a montanha montado numa égua branca... na companhia de um beduíno.

Uad e eu saímos do *souk* já tarde e fomos em direção à orla. Avistamos a muralha que separa a parte interna da cidade — *dakhil al madinat*. Também na muralha havia guaritas com sentinelas segurando baionetas. Ao chegarmos, o céu estava nublado. Olhamos o mar, dois rochedos de calcário moldados pela erosão, e fomos expulsos por uma tempestade. Tivemos que nos abrigar numa casa de narguilé. Depois de pedir um para nós, vimos que os homens também se reuniam ali para jogar. Vestidos com *galabias* beges, pareciam rezar, tamanha a concentração.

Além da mesa redonda de jogo, havia duas mesinhas. Numa estávamos nós e, na outra, dois homens vestidos com a *abaia*, a roupa dos beduínos. Os dois tomavam *arak* e falavam tão baixo que pareciam cochichar.

Degustamos a fumaça do *tambac* aceso com uma brasa de carvão. Uma fumaça que a água do narguilé purificava. Se não fosse a aparição de duas sentinelas, teríamos nos eternizado ali. Vi as baionetas pela janela e ouvi a voz da mãe, me dizendo para sair. Intuí o perigo. Não foi fácil convencer o amigo a me acompanhar.

— Vamos, Uad.
— Por quê? Aqui não está bom? Tão quentinho!
— Mas nós temos que sair daqui.
— Não entendo o que você está dizendo.
— Não precisa entender... vamos.
— A chuva ainda não passou.
— Não tem nada a ver com a chuva.
— O que é, então?

Diante da resistência de Uad, eu levantei. Apesar de contrariado, ele me seguiu. Saímos pelos fundos e as sentinelas entraram. Já do lado de fora, vi os beduínos sendo presos para servir no exército do Império. O amigo e eu ignorávamos o que isso significava para nós. Ou melhor, queríamos ignorar... saber obrigava a mudar de vida. Quem quer isso? Somos mais apegados aos hábitos do que a nós mesmos. Só que os hábitos podem nos matar.

Se tivesse me aferrado à aldeia, eu teria morrido. A história me obrigou a me enraizar neste novo país. Guerra de religião não há aqui. Mas todo ano tem enchente, a terra desliza na encosta da montanha e os pobres morrem soterrados. As árvores são grandes e dão sombra. Só que muitas estão podres. Com a tempestade, podem cair na cabeça de quem passa. As pessoas são tão imprevidentes hoje quanto na época em que cheguei. Não fosse essa imprevidência, eu não teria enriquecido. Todos viviam sempre em falta de alguma coisa. Bastava estar preparado para suprir a falta. Como o país precisava do comércio e eu precisava ganhar, deu certo.

13

Deu certo e deu errado, porque não pensei na minha sucessão. Só a mulher de Henrique, Eva, lutou contra a demolição do palácio. Talvez por ser estrangeira. O fato é que ela era diferente. Ao contrário dos outros familiares, descia ao porão onde as empregadas tratavam os males como as ancestrais africanas. Para os do corpo, se valiam de ervas e de rezas. Para os da alma, invocavam os poderes sobrenaturais. Às vezes, com rituais de magia. Num deles, a praticante encarava a lua pedindo que abençoasse o seu caminho. *Sai do teu curso oculto, ó dama da sorte! Me dá a tua luz.* Havia também simpatias para seduzir alguém ou desviar uma rival. *Põe um sapo numa panela fechada embaixo da cama que o marido não vai embora.*

Eva participava do ritual para contatar os mortos. Sentava diante da médium a fim de falar com a mãe.

— Cadê você, mãe? Do seu amor, eu nunca duvidei. Sem ele, não sei para que lado vou.

— Oiê, oiá, Eva, o espírito vai retornar. A vida verdadeira não acaba com a morte. Oiê, oiá, escuta o espírito da sua mãe: "Não deixei de te amar só porque não estou presente como antes, filha. Você e eu não vamos nos separar nunca. Sei que você não está feliz. Seu marido não é a sua pátria. Você não precisa continuar casada. Ninguém é obrigado a fazer o impossível."

Eva subia de lá convencida de que a vida podia mudar. Gostava do porão para alcançar o longe e porque, ali, uma religião não excluía a outra. As empregadas cultuavam as divindades africanas, mas nem por isso deixavam de rezar para a Virgem e para o Redentor — de terço na mão. Iam à procissão, a fim de olhar os rapazes, ver o andor e se ajoelhar quando o bispo passava com o cibório na mão. Qualquer crença era boa para alcançar o além ou sair do palácio.

Como as empregadas, Lisa não gostava de viver ali depois que eu morri. Durante a infância, soube do meu colo e do meu carinho. Sentia-se protegida. Já na adolescência, sofreu uma decepção atrás da outra. Não podia, como os irmãos, comprar roupa pronta. Se quisesse um vestido novo, precisava costurar. As melhores escolas — frequentadas sobretudo pelos filhos dos barões do café — eram para Henrique e Francis. A injustiça começou bem antes do testamento de Dib.

Quem redigiu o texto foi Henrique, que é advogado, ou melhor, bacharel. Tem horror ao trabalho e sempre está precisando de dinheiro. Na primeira oportunidade, incitou o pai a preparar o testamento que favorecia os filhos homens. Se pudesse, teria feito o pai deserdar o irmão. *Francis nem casado é ainda...* Henrique se tomava por filho único, apesar de não ser.

Assim que Dib morreu, o tabelião leu o testamento diante dos herdeiros. Lisa ficou como um navio sem lastro. Teria mesmo sido prejudicada? Por que ser deixada de lado pelo pai? Quem cuidava dele era ela!

Decidiu consultar um advogado. Adiantou? O homem disse que os irmãos eram obrigados a "dar prova da *causa exheredationis*". Lisa saiu do escritório com o latim na cabeça e entrou na Justiça. Processava os irmãos enquanto eles usufruíam da herança. Acabou desistindo por causa da demora. Mas, consciente ou inconscientemente, se deixou levar pelo ódio e se vingou, votando pela demolição do palácio. Como todo ato vingativo, um ato louco.

14

Sonhei com Baal por causa das histórias de Uad. Ousei contar o sonho para Hani.

— Você se esqueceu da nossa condição, Omar? Quem é você para ter um palácio? Um filho de aldeões... Corre o risco de ser tratado de louco! Põe a cabeça no lugar e pensa numa casa de pedra...

O palácio, eu não queria só para morar, mas também para contemplar a beleza... ver as estrelas quando o céu estivesse nublado. Uma abóbada com polígonos estrelados... A beleza transporta, ela suspende o tempo e faz esquecer a morte. Foi Hani que me ensinou a contemplação, porém ela só queria que eu tivesse uma casa — se possível na sua rua — e que me casasse com uma moça da aldeia. O desejo da proximidade também era meu. Mas não sei se foi por isso que me envolvi com Íris, a tecelã da loja. A bem da verdade, não sei por que e duvido que alguém saiba explicar. O amor se impõe, toma de supetão.

Íris só me olhava de soslaio. Ou porque não estivesse autorizada a olhar ou por medo de me ver olhando para ela. Não usava véu, mas parecia estar velada. Sem se dar conta, exibia o pudor, e eu, que era virgem, me espelhava nela. Por ser recatada, me curava do medo. O recato dela facilitava a entrega, permitia que eu fizesse de Íris a minha lira.

Um dia, saímos juntos da loja e eu pedi para carregar a sacola. Deixou, mas se despediu logo que chegamos na sua casa. Foi assim todas as tardes até a mãe dela me chamar no portão: "— A moça é séria, só para casar. Conversa com a sua mãe antes de acompanhar minha filha de novo."

Entendi o recado, mas não falei com Hani. Para me casar, eu não estava preparado. A bem da verdade, não sei quem está... A gente só fica quando percebe que não vai perder a liberdade. Com Íris, só tive a ganhar. Nunca me senti preso.

Como as outras moças, ela não podia se aproximar livremente de um rapaz. Na aldeia, o pai ou a mãe decidia quem ia se aproximar de quem e participava o casamento. *Vai se arrumar, nós te casamos... o marido está chegando.* As histórias de fuga obviamente se repetiam. Os amantes desapareciam, procurando despistar a polícia, correndo o risco de excomunhão e de nunca mais se casar.

Apesar de contida, Íris era determinada e, depois do episódio do portão, passou a me olhar com paixão e me chamou de *querido*. Bastou isso para eu me declarar. Com seus olhos de fogo, suas maçãs salientes, os lábios finos e as mãos ágeis, ela era a minha flor da montanha. *Você... eu te amo. Você... eu não te esqueço. Você... eu preciso ouvir o teu sim.*

Me declarei e colhi a flor naquele mesmo dia, imaginando. Que gosto tem o mel da sua boca? O cabelo solto, como é? De tanto pensar no corpo de Íris, ele se colou no meu. Me apertei contra os seios e me esfreguei no ventre. O sexo latejou e eu senti o mamilo nos lábios. Passei a língua nele... *mais, me dá mais.* O meu leite escorreu e eu me dei conta de que era o meu sêmen... estava prometido às gerações futuras... podia ser pai.

15

O destino de Íris e o meu estavam selados. Íamos emigrar e ela se tornaria a mãe de Aixa. Ou, melhor, a mãe de todos. Íris se desdobrava na casa e na cozinha. Não sabia falar a língua, mas conseguia ensinar os pratos. Se quisesse dar a entender que um deles requeria duas xícaras de farinha, enchia a xícara duas vezes, dizendo, em alto e bom som, *wahid* — um —, *ithnan* — dois. Mais de uma empregada aprendeu a contar na nossa língua. *Wahid, ithnan, thalatha...* Além de surpreendente, era engraçado ouvir essas palavras ditas por elas.

Íris tinha ideias fixas. Achava que o branco purifica o corpo. Por isso, quando alguém adoecia, só dava leite. Valia-se da doença para ensinar a paciência. Se exercitou nela a vida inteira. Primeiro, por só querer se casar comigo. Fui obrigado a largar de lá bem antes dela. Ao contrário do que Uad e eu acreditávamos ao voltar da capital, não estávamos mais a salvo em lugar nenhum. O exército do Império atravessou a fronteira e foi caçando homens para a guerra.

Uad estava no mercado quando caiu nas mãos dos caçadores. Arrancado sem mais do lugar, como um animal, posto numa carroça e algemado. Fizeram o mesmo com outros cinco homens. Um deles teve um ataque cardíaco e morreu. Uad aproveitou o pânico para me mandar um recado. "Não sai da loja. Nem mesmo para dormir." Não entendi o recado, mas obedeci... No amigo a gente confia e ponto.

Na manhã seguinte, o patrão entrou na loja e eu fiquei sabendo do ocorrido. Fui à polícia, que nada podia contra o exército do Império. Quem tentasse resistir era decapitado. Ceifavam a cabeça e deixavam o corpo despencar no chão. Ficava ali, sangrando, à espera das mulheres. *Meu homem, meu filho, meu marido...*

Chorei a desaparição de Uad como uma criança. Era possível que um homem de paz fosse envolvido numa guerra que nem do país dele era? O amigo corria o risco de morrer e não havia nada que eu pudesse fazer. Sem estar algemado, eu estava de mãos atadas. Não consegui descobrir o paradeiro dele. Por mais que me lamentasse, por mais que perguntasse à esquerda e à direita.

— Viu uma carroça com cinco homens algemados? Um deles usava um turbante de muitas voltas e devia estar com uma corda na cintura...

Ao saber da desaparição de Uad, Hani ficou dois dias em silêncio. No terceiro, ela me chamou e, na presença de tia Laila, disse:

— A borboleta que eu vi no meu sonho era preta. Você precisa sair daqui amanhã mesmo.

Disse e afundou a cabeça no colo da irmã, para não me ver mais, dando a entender que a ordem devia ser cumprida e ponto. A ideia de largar da aldeia me parecia inconcebível. Me afastar de Íris? Teria fincado o pé se não fosse a desaparição de mais três homens. Tia Laila apoiou Hani.

— Aceita o convite do imperador dos trópicos. Lá tem espaço para todos... salário cinco vezes maior. *Amrika*... ninguém passa fome. Vai e depois vem buscar a gente.

— E eu vou trabalhar no quê?

— Vende lá como vende aqui, tecido, renda, botão... *Amrika*, vai. Você não está mais em segurança. Não pode correr o risco... ser arregimentado... Não se sabe em que trincheira Uad foi parar, se ele está vivo ou...

Percebendo que eu não suportaria a ideia da morte do amigo, a tia não concluiu a frase. Depois, olhou para o céu e foi em frente.

— Os obstáculos, a gente vence. Não corra mais risco neste país que a religião dividiu e o diabo tomou. Vai!

A tia abriu os braços, querendo me envolver. Me afastei e andei sem rumo até o anoitecer. Podia a minha montanha estar ocupada, mas eu não me concebia sem os altos e baixos onde me perdia, sem as estrelas e sem a luz dos cimos nevados. Como seria a vida numa terra desconhecida, com uma língua que eu não falava? Para comprar e vender, é preciso saber a língua!

Depois de Hani e de Laila, foi Íris quem fez pressão para eu sair.

— Vai que eu te espero. Se não for com você, não me caso.

Apesar das duas lágrimas, o rosto dela era sereno. A determinação de Íris me deu a força de que eu precisava para me distanciar. Quisesse ou não, a baioneta inimiga estava apontada para mim. Do dia para a noite, o que sobra é a vida. Você se salva como der. Ou se torna o salvador de si mesmo ou morre.

Para me salvar, durante a travessia, eu sonhava com Íris. Às vezes, ela se multiplicava no meu sonho. Não era uma lua que eu via, era uma constelação de luas douradas. Deixei a aldeia levando Íris no coração.

Na véspera da partida, ainda colhi as amoras para a mãe, ouvindo a cabra balir. Quis me despedir do patrão e me contive. Por ter nascido onde nasci, sabia o que o silêncio significa. E, se tivesse me esquecido, tia Laila teria me lembrado. Dizia que nunca lamentou ter se calado e, mais de uma vez, se arrependeu de ter falado. Ou dizia que um homem pode cortar a própria garganta com a língua.

Me despedi das mulheres, jurando que a separação não era definitiva. Para despistar os inimigos, saí de casa como quem vai até a esquina. A dissimulação se impunha. Antes de emigrar, eu fui um fugitivo.

16

Deixei Hani com metade do que eu havia economizado. Precisava garantir a sobrevivência dela para suportar a separação. Por entender isso, a mãe não recusou o dinheiro. Me deu a mala com uma troca de roupa e os víveres para a viagem: *chanclich* — queijo —; *mrabba* — meu doce preferido —; azeite e zátar — mistura de vários condimentos.

Além da roupa e da merenda, pôs na mala duas fotografias. Uma dela com Laila, outra comigo embaixo do pistacheiro. Decerto para eu lembrar que o meu país de origem é o da azeitona, do figo e do pistache.

Saí bem de manhãzinha, enxergando a noite escura. Uma presença invisível me acompanhava, um ser alado. Me pareceu ser uma borboleta gigante e, depois, um anjo. Mais do que nunca, eu precisava de um anjo... estava sem teto e não conhecia ninguém no outro país. Seria um homem capaz de emitir sons, porém incapaz de falar. Podia ser comparado a um animal ou ser considerado mudo, antes de me tornar objeto de chacota por falar errado. Um estranho rotulado de imigrante.

Nunca tive vergonha do que sou e não liguei para o rótulo. *Quem são estes outros que fazem pouco de mim? Dizem que, por não ter nascido aqui, eu não sou homem bom... como o negro e o índio.* Logo entendi que era desqualificado pelos concorrentes e não abri mais o flanco. Só não tive como defender os descendentes... Henrique penou.

Depois de ter sido *Henrique Salem,* meu neto tem horror às origens. Para evitar que fossem descobertas, mentia sobre o nome dos ancestrais. Omar? Não sei quem é. Dib? Também não. Inventava outros nomes e não convidava ninguém em casa para não ser desmentido. O *mezze,* ele não comia e, em contrapartida, seria capaz de comer saúvas, as iças torradas que os fazendeiros apreciavam. De tão dependente da opinião dos outros, viveu o mais longe possível da família, na contramão de si mesmo, tentando ser o que não é. Se Henrique ao menos se ocupasse de Aixa, que perdeu a razão...

— As minhas joias... Não sei onde estão... foram roubadas. Telefona para a polícia, Nádia.

— Calma. Fui eu mesma que guardei noutra gaveta.

— Mas por que isso?

— Porque a gaveta tem chave!

— Quero ver.

— Olhe aqui.

— Não são as minhas... Você trocou por joias falsas.

— Era só o que faltava!

Nádia sabe que é inútil brigar, mas ela riu e Aixa se ofendeu. Abriu os braços como se estivesse sendo crucificada e saiu de casa pela porta da cozinha, que estava aberta por descuido. Quando Nádia tentou se aproximar, Aixa cuspiu nela e foi para a rua, apoiando-se na bengala e xingando até a sombra. Por sorte, o zelador conseguiu segurar a querida pelo braço e impedir que fosse em frente.

Até quando a dama de companhia vai suportar isso? A cada dia que passa, o apartamento parece menor. O cachorro não abana mais o rabo. Quando Aixa chora, ele fica latindo. O vizinho se queixa. Henrique ameaça tirar Campeão de lá. Diz que é grande demais para o apartamento. Na verdade, ele é caro demais para o sovina do meu neto. Isso me deixa aterrado.

17

Dois dias depois de ter me despedido de Hani, eu estava na capital com o burro. Quando fui ao porto comprar a passagem, custava o dobro. O preço anunciado na aldeia era um, no lugar do embarque, outro, as eternas comissões. A imigração havia se tornado um negócio e nunca mais deixou de ser. O agente de viagem remunerava o líder da aldeia para convencer os aldeões a emigrar. O agente e o líder contavam com o agiota, que emprestava dinheiro a juros para o futuro passageiro... obrigava o coitado a hipotecar sua propriedade, vender tudo o que tivesse no local.

O pior intermediário era o agente. Por ser remunerado pelas companhias de navegação, procurava vender as passagens sobre as quais ganhava maior comissão. *Por que não o sul em vez do norte? América do Sul também é América... e ninguém lá sabe o que é frio.* Com isso, ele induzia o emigrante a mudar de rumo. O agente não deixou de existir, e o negócio foi se tornando cada vez mais criminoso.

— Quantas pessoas você pode levar no seu barco?
— Isso é pergunta que se faça?

— Vinte, trinta?

— Todas que tiverem comprado a passagem... Comprou, entra.

O barco, obviamente, está destinado a afundar.

Tive sorte na travessia. Primeiro, porque não precisei comprar a passagem, cara demais para o meu bolso.

Ao sair da agência sem ela, eu estava sem norte. *Como era possível que a vida tivesse mudado tanto? Agora, que não vivia com Hani e não trabalhava na loja com Íris, eu não era eu. Mas era quem?* A vista escureceu e tive medo de cair. Sentei em cima da mala até sentir uma gota d'água no rosto, uma, duas, três... Graças à chuva, eu me disse que não podia ficar ali me lamentando. Me enxuguei e fui falar com dois marinheiros que estavam no cais.

— O *Amélie* atracou ontem. Vai daqui a uma semana para o outro porto...

— Que outro?

— O porto de onde sai o navio que atravessa o oceano.

— *Amrika?*

— América do Sul.

— Quero trabalhar nesse navio.

— Ouvi dizer que precisa de cozinheiro, um auxiliar.

A palavra *auxiliar* bateu no meu ouvido. Me dei conta da oportunidade. Eu então não havia auxiliado Hani na cozinha?

O marinheiro se afastou, e eu fui à procura do *Amélie* embaixo de chuva. As ondas batiam com força no casco do navio. Não demorou muito, um homem bem-vestido desceu a passarela com um guarda-chuva. Pelo andar, parecia alegre. Perguntei se precisavam de alguém na cozinha.

— Isso não é comigo, pergunta para o cozinheiro.

Dois minutos, e eu estava dentro do navio. Ter sido autorizado a entrar era uma sorte, e eu sabia que a sorte a gente agarra. Simbad agarrou o pedaço de carne para sair com a ave de rapina do fundo do vale. Minha ave de rapina era o cozinheiro. Precisava convencê-lo.

Vi que estava de camisa e calça comprida. Preferi me apresentar para um baixinho vestido de túnica, que estava ao seu lado. O baixinho falou com o chefe, que me olhou e disse *não*.

— Por quê?
— Porque não, ora.
— Mas eu sei fazer.

Peguei uma batata e descasquei, tirando a casca mais fina... da espessura de uma folha de papel, como Hani exigia. Descasquei uma, duas, três... O chefe gostou. Se o meu documento estivesse em ordem, ele me empregaria. Ouvi isso e já fui ver o agente de viagem. Pelo passaporte, o ladrão me pediu o equivalente a uma passagem. Levantei a fim de sair. Com isso, ele mudou de ideia.

— Senta aí. Que pressa é essa? Vamos conversar. Para você, é a metade, cinquenta por cento...
— Nem pensar.
— Trinta.

— Só posso pagar dez.
— Impossível. Dez não dá. Vinte... vamos dividir a sorte.

Dividir a sorte... Como podia ele propor isso a quem não tinha mais trabalho e era obrigado a deixar o país? Tive que aceitar. Saí de lá, montado no burro, que eu agora precisava vender. Da aldeia, só me restava ele. Vendi no mercado e me prometi voltar logo... buscar as mulheres. Com a promessa, a gente se compromete a não se desviar da meta, faz o possível e o impossível até conseguir.

Amei Íris pedindo que me esperasse, deixasse os seus para ficar comigo, vivesse nas minhas condições... Ofereci o que eu não tinha, e ela aceitou, porque o meu desejo era o dela... teria sofrido se não pudesse ser generosa. Quem ama, quer o bem-estar do amado.

Com Íris, a história foi uma. Com Aixa, bem outra. Para a filha, dei o que tinha e procurei evitar qualquer senão. Nem para a escola ela precisava ir. O professor ia até a nossa casa, ensinava francês, dança, piano... Aixa fez tantos cursos quantos desejou. Hoje, se não fosse uma conterrânea, estaria jogada às traças. Mas Nádia ficará até o fim. Mal chegou da aldeia e foi empregada no palácio. Depois, assim que aprendeu a língua, contratei como governanta. Por incrível que pareça, a gratidão existe.

18

Nem todo conterrâneo é bom. Mas quem emigra sabe como ele é importante. Por causa da língua. Se comunicar é uma coisa, conversar é outra. A comunicação serve para resolver um problema. Já a conversa esquenta a alma. A gente só conversa mesmo quando não fica procurando as palavras para expressar o que deseja, quando não precisa pensar...

Por sorte, encontrei Amin na espelunca onde me hospedei antes de embarcar. Nasceu numa aldeia vizinha da minha. De repente, no meio de uma frase, fechava os olhos, levantava os ombros e encolhia o peito como se tivesse medo. Por ter o nome de um santo, foi ameaçado com uma faca no pescoço e o tique dos ombros apareceu. O corpo não parou de se lembrar da violência. Apesar de ser pai, queria porque queria emigrar.

— Depois eu volto para buscar meu filho. Com ele não vai acontecer nada. Não tem nome de santo e nem de anjo.

Para Amin, tanto fazia o descendente ser judeu, cristão, muçulmano ou ateu. Só não queria que estivesse sujeito ao ódio de *uns* contra os *outros*, às promessas de vitória ou vingança. Distância do fanatismo era o que ele mais desejava. O nome desta distância: *Amrika*. O imperador dos trópicos havia convidado todos, "independentemente do credo e da cor". Amin, como eu, estava a par do convite.

Além dele, encontrei na espelunca Bagi e Nagi, dois outros emigrantes. De tão imenso e peludo, Bagi parecia um orangotango. Por ser sorridente, inspirava simpatia. Nagi, ao contrário de Bagi, era magro como um palito e sua pele parecia descamar. Pouco falava, talvez por ser gago. Vinham os dois de uma aldeia do norte, onde a vida havia se tornado impossível. O governo aumentou os impostos e não havia mais como se sustentar.

Quando o governo não se servia dos homens para a guerra, tirava o dinheiro. Bagi procurou conseguir um visto para a América do Norte e não obteve, por ser analfabeto. Nagi era pai de seis filhos que só comiam uma refeição por dia. Sabendo que, na América do Norte, todos passavam por um exame médico rigoroso na entrada, preferiu ir para o sul. Não podia correr o risco de ser recusado.

Já na espelunca, eu concluí que não valia a pena lamentar a partida. O nosso país não era mais uma pátria. Além de não termos segurança em lugar nenhum, faltava comida. Dormi e sonhei com a migração das cegonhas, girando no céu como uma nuvem de insetos, um espetáculo que eu vi mais de uma vez na montanha.

As cegonhas migram para se reproduzir, e é possível que eu tenha sonhado com elas por desejar uma vida nova. Acordei com o nascer do sol e fui ao porto, que estava entregue aos navios e às gaivotas. O mar quase sem ondas me apaziguou. Beirava a praia com uma cor indefinida. Ao longe, vi o azul-marinho. Permaneci ali, escutando o marulho e me disse *Amrika*. Desejei o vasto oceano... o quebra-navios... Se eu saísse vivo, nasceria uma segunda vez.

Quis me aventurar como Simbad, que navegava durante dias e noites, indo de um a outro lugar, vendendo e comprando. O marinheiro sabia do perigo, mas também sabia que o lucro é proporcional ao risco. Se os ventos fossem favoráveis e ele não acabasse na companhia voraz dos peixes, faria fortuna em poucos meses. Na primeira viagem, embarcou com 3 mil peças de prata e voltou com 100 mil!

Já eu embarcaria de mãos vazias. Mas também ia com a perspectiva de comerciar... O exemplo dos meus antepassados era o meu capital.

Baal foi feito para honrar a memória deles. Não fosse a paixão da ignorância, ninguém tocaria no legado de uma travessia que terminou comigo, mas começou há milênios. O palácio entrou na mira do meu neto porque ele quis ignorar o passado. Afasta de mim este cálice! Henrique não quer ouvir falar da imigração. Vergonha de ser quem é. Em mais de um retrato ele aparece vestido como um lorde inglês. Por causa da divisa *quem me vê me reconhece*, não é possível apresentar Henrique para quem quer que seja: injuria a pessoa que toma a iniciativa de fazer a apresentação. Como pode ele ter se tornado tão orgulhoso? Isso tem a ver com o nosso orgulho. O simples nascimento do menino foi considerado uma glória... Um filho homem! Aixa acabava de dar a Dib o que ele mais queria... e eu me orgulhei ao ver o futuro herdeiro.

Como nunca precisou fazer nada para ser reconhecido, considera que está acima do bem e do mal. Imagina que a história começa e acaba com ele...

A pedido de Aixa, Nádia telefonou para Henrique. Quem atendeu foi a empregada, que reconheceu a voz.

— O meu filho...

— O doutor não está, Dona Aixa.

— Mas eu quero falar com ele.

— Dou o recado.

— Henrique merece o inferno. Não tem tempo para a mãe... Mas ele há de pagar por isso. Se não for aqui, paga depois de morto. De tão sovina, vai se tornar uma alma penada... errar entre os vivos, mendigando socorro.

Aixa jogou o telefone e se voltou desesperada para Nádia.

— Me leva para o palácio. O lustre acaba de ser pendurado... é uma cópia do lustre de Santa Sofia. Omar está me esperando na sala francesa, diz que um palácio sem princesa não existe. O pai me quer lá... tenho que cumprir o meu dever.

Depois, Aixa disse que ia se vestir. Mas não fez o que disse. Há uma semana não troca de roupa, apesar da insistência de Nádia, que pôs o telefone no gancho e se fechou chorando na cozinha. Para sair do cubículo, Aixa delira. Nádia não pode sair para não deixar Aixa sozinha. As duas estão presas.

19

Nádia devia telefonar para Francis, que gosta da mãe. Se ela ficasse doente, ele não sairia de perto. Sempre vai ver Aixa, ao contrário de Henrique, que, agora, inclusive se recusa a gastar com médico.

De que serve o dinheiro que eu ganhei se não serve para o essencial? Trabalhei por dois a vida inteira. A começar pelo *Amélie*. Bendito navio desgraçado!

— Mais um saco de batata...
— Já, já, chefe.
— Anda logo que a comida não deu.
— Descasquei um saco inteiro!
— Faz o que eu pedi.

Quisesse ou não, tinha que obedecer. Mas, se não fosse o trabalho na cozinha, eu não comeria ovos fritos. Já imaginou? Ovos fritos com zátar no *Amélie*! A gente atira no que vê e acerta no que não vê. Ninguém sabe disso antes de ter vivido e, na verdade, viver não basta. Sei de gente que viveu e não aprendeu nada. Pensa que pode controlar tudo.

Vários passageiros ficaram doentes. Por ser feita com água do mar, a comida provocava diarreia. O porão era escuro e gelado. A luz das claraboias não bastava para iluminar o espaço. Nós dormíamos no chão, em cima de um saco. O travesseiro era um salva-vidas dobrado. Quem não conseguia se abstrair do ronco ou do barulho das ondas dormia mal. Por sorte, bastava eu fechar os olhos para cair num sono profundo e sonhar. Acompanhava Íris até sua casa e acordava como se tivesse corrido, suando da cabeça aos pés. A bela, no seu casaco de pele de cabra, era tudo o que eu desejava, e me satisfazia dormindo. O meu tudo era *nós*. À noite, eu me aninhava no sonho e amanhecia satisfeito. Sem estar presente, ela me acompanhava.

Ventilação não havia, e a única pessoa encarregada da limpeza não dava conta. O navio era destinado à carga. Podia levar vinte passageiros e nós éramos quarenta... Só quem tem saúde de ferro pode emigrar. Quem não tem... Mas, mesmo sabendo que não tem saúde, a pessoa prefere trilhar o caminho da esperança. Ninguém acredita na própria morte. Se acreditasse, entregaria os pontos...

No navio, nós resistimos aos insetos, às baratas, aos ratos. O desinfetante que eles passavam no porão causava irritação na pele... um cheiro tão insuportável quanto o cheiro de antes da limpeza. A farsa durava pouco, mas era sempre anunciada.

— Hora de subir para o tombadilho... a limpeza já vai começar!

O porão era fétido e, assim mesmo, era melhor viajar nele do que no tombadilho. Os que viajavam a céu aberto ficavam expostos à chuva e à água do mar... tiritando de frio. Os de cima não podiam descer. Se fizessem isso, seriam linchados... não havia espaço embaixo.

Apesar de tudo, um homem e uma mulher se casaram no navio. Quem fez o casamento foi o capitão. Aconselhou o noivo a fechar o casaco e emprestou uma gravata. A noiva pôs um xale na cabeça e ouviu embevecida as palavras do capitão — devidamente uniformizado. Dez minutos e os dois estavam casados para fazer a América... ele com o suor do seu rosto, ela, com o ventre. *Amrika!* Dançamos até o amanhecer, olhando as estrelas enquanto os noivos se entregavam um ao outro dentro de um bote salva-vidas.

Por nada eu queria passar a primeira noite com Íris assim. Ela e eu protegidos só pelo casco de um bote, à mercê de quem ousasse se aproximar? Nunca! Um leito matrimonial protegido por quatro paredes... um berço para a nossa intimidade.

Certa noite, sumiu uma faca da cozinha. Apareceu com um barbudo que dormia no porão, um dos muitos bandidos que assaltavam as aldeias e fugiam para escapar da polícia. Depois do roubo, por ordem do capitão, ficou preso no tombadilho até a chegada no outro porto do Mediterrâneo. Aí, nós fomos transferidos para um lazareto insalubre, do qual não podíamos sair. Só comíamos uma papa servida uma vez por dia. Não tínhamos direito a mais nada e não gozávamos de proteção alguma. Foram duas semanas antes de embarcar de novo.

Três novos passageiros entraram no navio. Entre eles, um homem que havia perdido a esposa, com o filho de 8 anos. O menino era sonâmbulo e, à noite, precisava ser amarrado. Me afeiçoei a ele e, sempre que podia, contava a história da lâmpada de Aladim. O pequeno sonhava, repetindo as palavras do gênio: "— Sou o gênio da lâmpada, o escravo de quem a possui. Diga o que você quer."

O último que entrou no navio era um coitado. Descobriu, em alto-mar, que havia sido enganado pelo agente de viagem e não ia para a América do Norte. Batia na cabeça e gritava.

— Um tio me esperando, e eu indo para outro lugar!

Continuou a viagem velando o próprio sonho. A maioria adoeceu antes da chegada. Um homem teve a *doença do estômago*. Para andar, ele se dobrava inteiro. Certa noite, deu um grito, agonizou e morreu com o primeiro raio de luz. Apesar dos protestos da esposa, depois de envolto numa mortalha, o corpo foi para o mar.

Só por desespero de causa nós estávamos no *Amélie*. Risco de naufragar, nós não corríamos, como quem entra num barco qualquer para atravessar o oceano. Mas o de adoecer era grande. A esposa do morto teve a mesma doença que ele. Gemia sem parar.

— Ai dele, ai de mim! Não quero ser jogada no mar.

Talvez tenha se curado por desejar um túmulo. Ou pela corrente de solidariedade. Um passageiro perguntava como ia. Outro dizia para ter paciência. Um terceiro oferecia um copo d'água. Dei graças por não ter Íris comigo. O que seria dela se eu morresse? Para me casar dignamente e reunir a família, eu precisava ganhar dinheiro.

Uma semana antes de chegarmos, o passageiro que não se conformava por não ter ido para a América do Norte saiu do porão blasfemando.

— Canalha, desgraçado, miserável.

De repente, foi bater a cabeça no mastro. Bateu até sangrar. Um marinheiro agarrou o infeliz pela cintura e levou para o meio do tombadilho. Ainda mais desesperado, ele se desvencilhou e se atirou no mar. Quando alguém quer mesmo, vai... não adianta se opor.

O silêncio tomou conta dos que viram e dos que não viram. Dois passageiros do *Amélie* morreram, o que teve a doença do estômago e o que se matou. Três dias antes do desembarque, um vento inimaginável desviou o navio e a tempestade se formou. De repente, uma onda gigante se precipitou sobre nós e o pânico tomou conta de todos. A onda alagou o convés. Me desequilibrei e caí, batendo a cabeça no chão. Perdi os sentidos e sobrevivi graças a Amin, que me carregou até o porão.

Durante a tempestade, houve um incêndio na cozinha, a metade dos víveres foi embora. Passamos a comer menos. As pessoas desmaiavam de fraqueza. Transmiti a explicação do chefe:

— Somos obrigados a servir pouco. Do contrário, em pouco tempo ficamos sem nada.

Alguns passageiros começaram a se queixar de coceira nos olhos e a lacrimejar. A infecção foi transmitida por um homem que tinha uma pálpebra dobrada para dentro. Usava um turbante e parecia ser um beduíno. Além de levar à cegueira, a infecção podia impedir a entrada no país da imigração. Ninguém mais se cumprimentou dando as mãos. Cada um era um possível pestilento. *Sai. Você lá, eu aqui.* O jeito era ficar o maior tempo possível ao ar livre.

Quem viajou no *Amélie* não teve como não pensar no fim. A morte nos rondava. Aprendi a bendizer a sorte, o que não é pouco.

A história da família teria sido diferente se eu tivesse falado da travessia para os meus, do custo do berço de ouro que eu proporcionei. Mas sempre me comportei como se a vida fosse um mar de rosas. Quem fala do sofrimento afasta as pessoas, e eu não queria correr este risco. Tudo, menos ficar sozinho. Até porque um grande senhor tem gente à sua volta.

O resultado da omissão é que a família não sabe da história. Figuro no álbum com uma única foto. Bigode negro retorcido nas pontas, como os homens de lá; terno e gravata, como os daqui. Sem me dar conta, eu favoreci o esquecimento.

II

20

Foram 34 dias no mar antes de avistar a praia. A extensão dela parecia infinita. Nunca tinha sequer imaginado isso. No meu país, a praia era sumária. Vi logo que terra não faltava.

O porto era feito de trapiches rudimentares de madeira. Perto da praia, algumas construções brancas, casas térreas e um sobrado. Um pouco mais distante, o campanário de uma igreja e, ao longe, uma montanha recoberta de vegetação abundante. Nada a ver com a montanha da aldeia, o solo árido onde as oliveiras teimavam em crescer. Vendo a exuberância, senti uma disposição nova.

À medida que o navio se aproximava do porto, os homens saíam das casas, vestidos com calça branca e chapéu de palha. Nenhum usava camisa por causa do calor. De tão forte, a luz me cegava. O sino da igreja batia e o ritmo me surpreendeu. Se repetia com pequenas variações e parecia feito para dançar. Lembrava o ritmo da aldeia. Só bem depois eu entendi. Podia a igreja ser católica, o sino estava nas mãos de um africano... um badalador meio oriental. Sem deixar de obedecer ao padre, ele se entregava a um culto que não era o do padre, mas o dos seus ancestrais.

O fato é que a batida evocava o tambor, e eu imaginei que anunciava a chegada gloriosa de um navio de outro continente — apesar de só haver nele gente sem nada além da esperança. Teria chorado se não escutasse o capitão falar que devíamos nos preparar para descer logo.

Quem ali não estava mais do que preparado? Sair era renascer. Assim mesmo, houve agitação a bordo. Gente indo e vindo, como se a bagagem não fosse uma única mala ou um saco. Amin e eu fomos os últimos a embarcar na canoa que levava os passageiros até um pontilhão atravessado por um magote de negros com sacos nas costas... açúcar ou café? Todos robustos, vestidos só de calção, andando em trote e cantando uma toada estranha. Um deles segurava um instrumento, parecido com um chocalho de criança, que marcava o ritmo.

Do pontilhão, seguimos para a alfândega. O calor era insuportável, e o cheiro, fétido. Só a mala de alguns foi aberta e nós passamos para a sala do registro, onde o inspetor revirava a pálpebra de um por um... queria flagrar a infecção. Três passageiros foram isolados. Entre eles, o beduíno. Nunca soube onde eles foram parar. Na América do Norte, teriam sido reenviados para o Oriente. *Conjuntivite... tracoma! Até cegueira isso causa. Com infecção, aqui não entra. De imigrante assim o país não precisa! Isola e manda embora no próximo navio!*

Amin e eu fomos autorizados a pegar a mala e sair. Fiz isso, ouvindo um papagaio que dizia *podir podir*. O inspetor repetia *pode ir* o dia inteiro, e o papagaio juntava tudo numa única palavra. O som era tão estranho que eu nunca esqueci.

Na saída, uma pequena maravilha: dois periquitos verde-limão, um casalzinho radioso. Um deles era um pouco maior. Se servia do bico para atiçar o outro, que se encolhia, escondendo o pescoço azul e o peito verde-amarelo.

Bem na frente do barracão, havia um grupo de escravas sentadas no chão, os seios nus. Para quem vinha de um país onde as mulheres nunca se expunham, a imagem era irreal. Foi preciso uma delas amamentar para eu acreditar no que via. Percebi que Amin arregalava tanto os olhos quanto eu diante da mulher... ela expunha o seio e com isso nos certificava de que estávamos noutro mundo.

21

Fora Amin e eu, os outros passageiros tinham parentes esperando. Famílias inteiras se precipitavam para abraçá-los, as crianças olhavam perplexas. Não era um abraço qualquer, o passado, o presente e o futuro se enlaçavam nele. Perguntas e mais perguntas.
— Fulano voltou da guerra?
— Sicrano sarou?
— A plantação?
— As amoreiras?
— O bicho-da-seda?
Assim que os passageiros desceram, o navio foi descarregado, o porto se esvaziou. Apesar do sol escaldante, ficamos parados, trocando ideias sobre como ir à capital. Nós estávamos em terra firme... o tempo parecia inteiramente nosso.

Uma das escravas nos olhou, disfarçando o interesse. Olhou os dois homens que falavam uma língua incompreensível... Para ela, nós éramos tão estranhos quanto ela para nós, mas havia uma diferença na sorte trágica. Não sabíamos o que era ser comprado ou vendido como mercadoria. *Tem dente na boca?*

Deixa ver. Vale seiscentos. Quanto me oferece? A outra ali é magra demais. O musculoso vale mil. Quanto me oferece? Quem dá mais? Não estávamos sujeitos ao açoite, ao uso de uma corrente nos pés ou à marcação com ferro em brasa. Porém, sabíamos o que era correr o risco de ser caçado como animal e ser obrigado a emigrar.

Percebendo que estávamos meio perdidos, a escrava se aproximou. Fez uma pergunta e ficou na nossa frente. Vi que era alta e bem-feita. De tão redondos, os olhos pareciam duas bolas de gude. O que ela podia querer? Quem explicou foi o parente de um passageiro do navio. A mulher se oferecia para nos acompanhar até a estação em troca de um dinheirinho qualquer.

Como a estação estava fechada, o patrício dispensou a mulher com um gesto da mão. Não sei se tive mais vergonha de não entender nada ou de ver como ela foi afastada. Já ela não ligou, virou as costas e foi sentar no chão. Não sabia o que era ter vergonha de ser maltratada.

Perguntei ao patrício qual era o câmbio.

— Você quer trocar libras?

— Preciso... não tenho o dinheiro daqui.

— Troca comigo que eu preciso do dinheiro de lá. Todo mês eu envio para a família.

— E o câmbio?

— O de ontem... o banco hoje está fechado.

Achei que, apesar de rude, ele não ia me roubar. Mas troquei pouco e examinei as moedas. De um lado, a imagem do imperador, barbas longas. Do outro, o brasão com a coroa do império. Mostrei para Amin e ele sorriu. Seria mesmo possível que tivéssemos chegado?

Naquele dia, o trem não ia para a capital. Só restava ficar na hospedaria de imigrantes. As condições eram melhores do que as do navio, quarto claro e arejado. Mas bastou pegar no sono para ser mordido por um inseto de pernas compridas. A picada parecia o furo de um prego.

Ao levantar, encontrei uma faxineira que, pelos cabelos lisos, a cor avermelhada da pele e os olhos puxados, devia ser uma índia. Vendo que eu me coçava, ela apontou o dedo para a mordida e disse *pernilongo*. Foi a primeira palavra que eu aprendi.

Na refeição, comi feijão e milho, dois cereais desconhecidos. Senti nojo do tacho que uma escrava pôs em cima da mesa, como se depositasse um fardo. *Quem quiser que se vire*. Nos tratava como era tratada... com brutalidade. Por ser mais frágil, Amin teve indigestão e passou a noite vomitando. O tique de fechar os olhos, levantar os ombros e encolher o peito se agravou.

Na manhã seguinte, fui abordado por um homem de corpo atarracado e chapéu de palha que saiu de um carro de boi.

— Bom dia.

Propôs com um gesto da mão que eu entrasse no carro. Procurava gente para trabalhar num engenho. Não chamei Amin, que estava indisposto, mas não resisti à curiosidade.

Seguimos por estrada de terra até uma alameda de palmeiras imperiais, que levava à casa-grande do engenho. O dono estava deitado na rede da varanda. Palitava os dentes enquanto uma molequinha preta catava os piolhos do couro cabeludo dele. *Um catado, dois... Se não cato todos, o patrão me castiga. Três, quatro... Vou catando antes que ele me diga: "Cata mais."*

Sem se levantar, o dono chamou o feitor para mostrar as atividades: plantar e cortar cana, colocar na moenda, despejar o caldo num tacho e mexer até o melado se formar. Um trabalho que era perigoso. Quem se distraísse na moenda podia prender a mão na roldana e ficar sem ela. Os trabalhadores ainda eram escravos que o proprietário queria substituir por imigrantes.

Na volta para a hospedaria, passei novamente pela casa-grande. O senhor continuava na rede. O paxá local, pensei comigo mesmo. Só que, à diferença do paxá, ele, de imponente, não tinha nada. O corpo caído parecia formatado pela rede, de onde quase nunca saía. Me dei conta disso quando o homem se levantou para encontrar a esposa, que chegava num palanquim de seda, carregado por dois negros.

Não foi preciso mais nada para deduzir que havia dois mundos. O do senhor e o do escravo, que tinha sido despossuído de tudo e jogado no porão de um navio — sem ar, sem luz e sem água. A ele só era dado dançar e rezar para o Deus dos desgraçados. *Por que tanto sofrimento? Qual o crime hediondo que eu pratiquei?*

Como sobreviver neste meio? Jurei que nenhum dos meus se faria esta pergunta. Nós seríamos ricos.

22

A jura se cumpriu. Uma vez por semana, Aixa recebia, no palácio, os da colônia. A residência ficava aberta, e os narguilés de cristal eram expostos na sala. O da querida tinha um topázio na base. O *tambac* já vinha misturado com várias essências, mas cabia à copeira pôr água de rosa nos reservatórios e separar uma biqueira para cada hóspede. A cozinheira triturava os grãos de café no moinho de latão. Só quando reduzido a um pó bem fino, o café era preparado com água e açúcar para ser servido nas chávenas de porcelana francesa. A chávena devia ser segurada com três dedos e girada na mão até que o líquido tivesse percorrido o interior. Só então, o café era degustado e depois engolido de uma só vez. Isso fazia parte do ritual.

Às duas e meia da tarde, o mordomo abria a porta do palácio. Quem chegasse era bem-vindo. Ninguém ali sabia da pressa e todos só estavam para a conversa e o alaúde. Apesar do calor, os homens mais velhos iam de terno escuro e opaco, um colete além do paletó. Só os jovens já tinham substituído a casimira pelo linho...

As mulheres iam de longo e botina de bico fino. A botina vinha da Europa ou podia ser imitada aqui. Para ser considerada boa, precisava ser igual à estrangeira.

A roupa era copiada das revistas francesas, *La Femme à Paris*... Apesar de gordas, as mulheres queriam ser como as parisienses e faziam tudo pelo *chic*. Caprichavam para a reunião de Aixa, que só usava terno — saia e paletó. Nunca deixou de ser elegante, mas não dispunha de tempo para o espelho, como as outras mulheres. Não era e não queria ser como elas. Precisava se informar sobre as atualidades, receber os da colônia e os grandes da cidade, animar Baal. Foi preparada para isso e se dedicou à sua missão.

Nos dias de receber, a fumaça do *tambac* perfumava o salão, enquanto a conversa servia para evocar as origens. Ninguém falava de guerra ou de imigração. Um encontro só para amenidades.

— Daquele rio que brotava da terra você se lembra? Irrigava a plantação.

— Com o rio, eu viajava para longe. Até a noção de quem era, eu perdia.

— Só bebíamos água pura da fonte... na frente da loja de Ahmed.

— As compras, eu fazia lá, uma loja que parecia um oásis de tão fresca e bem cuidada. Ahmed vestido com uma *djelaba* branca impecável...

— Que figura! Subia no telhado da casa dele e passava para o da nossa. Descia por uma escada lateral e entrava.

— O telhado era o melhor lugar para dormir nas noites quentes de verão.

— Para eu não pecar, mamãe dizia que as estrelas eram os olhos do céu... elas me veriam onde quer que eu estivesse.

— Uma noite, Djamila subiu no telhado com um tapete de pele de cabra e contou histórias até o amanhecer. Djamila era a única loira da aldeia. Bastava olhar para ela que a gente cometia o pecado capital... uma Xerazade de olhos azuis.

— A gente se esquecia da mãe e dos olhos do céu...

Francis nunca faltava. Como ele sabia as duas línguas, ficava ao lado de Íris para traduzir se fosse preciso. Henrique não ia. *As mesmas pessoas de sempre e as mesmas histórias. Quando não é de Ahmed que eles falam, é de Djamila. E não suporto o cheiro do tambac.* Por ter sido chamado de Henrique Salem, ele só queria distância. Lisa convidava colegas para a recepção e fazia sua roda de conversa.

Para a maioria, aquela hora no palácio era sagrada. O grupo embarcava como num transatlântico para outro continente, atravessava de novo o mar, bendizendo a sorte de não ter que enfrentar o desconhecido.

Aixa era o centro das atenções. Agora, só fala do roubo das joias e passa o dia abrindo e fechando gavetas. Já procurou até no forno!

— As joias, quem me deu foi meu pai. E eu fiquei com as de Íris... preciso delas para a festa.

A querida se sente roubada, porque intui que Baal, a sua verdadeira joia, vai ruir. Henrique disse a ela que o palácio vai ser reformado.

— Como assim? Isso não podia ser feito sem que eu saísse de lá?

Aixa sabe que a história da reforma foi inventada. Há coisas que a pessoa conclui sem se dar conta do raciocínio que levou à conclusão.

A querida sempre me ouviu dizer que, se os palácios do meu país fossem destruídos pela guerra, Baal ficaria nos trópicos, como testemunho de que a nossa morada na terra pode ser como a do céu... Aixa vive sintonizada comigo, mas não há mais nada que ela possa fazer por si mesma. O presente escapou, e ela, hoje, só tem o passado.

23

O impossível nos ronda. Amin adoeceu na hospedaria do porto, e eu não tive como ajudar. Acordei cedinho, ouvindo uma estranha litania. Ajoelhados diante de um oratório, a índia, a escrava e os donos da casa rezavam. O terço na mão, eles passavam com fervor de uma para outra conta, repetindo a reza sem interrupção, em uníssono.

— Pai nosso que estais no céu/ Santificado seja o vosso nome... Ave Maria cheia de graça/ O senhor é convosco...

Passei discretamente pela sala da hospedaria e fui até a varanda. Amin estava sentado com olhos postos no mar. O olhar dele me deu saudade da aldeia. Mas a hora era de ir em frente. Propus que fôssemos para a capital.

Amin não respondeu. Tentou se levantar e quase caiu. Como era possível que, depois de ter suportado a travessia, ele estivesse assim? De repente, vomitou e caiu no chão. Fui correndo chamar o dono da hospedaria. Vendo a cena, ele virou o rosto e se afastou, repetindo uma palavra que eu não entendi. A palavra designava a doença contagiosa de Amin, que precisava ser removido para a enfermaria. A faxineira ouviu, franziu o sobrolho e foi para a sala — menos arriscado ficar ali, jogando areia nas tábuas e esfregando de joelhos o chão.

O desespero teria me tomado se não fosse o escravo que se aproximou, arrastando os pés, uma carapinha imensa, de quem nunca cortava o cabelo, o andar de bêbado. Chegou cambaleando para transportar o doente...

— Ordem do patrão.

Compreendi sem entender a língua. O escravo enfiou os braços embaixo das axilas de Amin e arrastou o corpo. O amigo ficou na enfermaria com calafrios, tiritando. Três dias depois, por conta da febre amarela, ele sangrava pelo nariz. Segundo a regra da hospedaria, eu não podia permanecer mais de três dias. Amin me disse para seguir viagem.

— Vai embora, não perde tempo.
— Deixo você aqui?
— Não tem outro jeito.
— Não posso fazer isso.
— Pode, sim.
— Não tenho como.
— Você me espera na hospedaria da capital que eu chego lá. Se tiver que sair, deixa o endereço e eu vou te encontrar.

Quisesse ou não, apesar do desconsolo, fui obrigado a acatar a ideia do amigo.

O trem subia por uma estrada íngreme, vencendo a distância. A locomotiva soltava golfadas de fumaça.

Fiquei siderado pela muralha verde da serra. Nunca havia imaginado tamanha exuberância. O paraíso daqui era bem diferente do paraíso com os quais eu estava acostumado, o dos tapetes da loja.

Vi árvores com a copa inteiramente florida, amarelas, roxas. Vi flores com pétalas tão espessas que pareciam folhas, pequenas maravilhas com formas estranhas. Só bem depois eu descobri o nome. À diferença da aldeia, aqui ninguém se interessava pelo nome das plantas. Talvez por elas serem tão abundantes. Quem tem demais faz pouco do que tem.

As maravilhas eram bromélias e orquídeas, parasitas enraizadas nos galhos das árvores. Cada uma diferente da outra. Do bulbo saíam pétalas roxas com listras brancas, pétalas amarelo-alaranjadas pontilhadas de vermelho. Me surpreendi com um fruto dourado, o abacaxi... o *fruto da providência*. Foi chamado assim por causa dos nódulos da casca. São como as contas de um rosário. De tão debruçado na janela para olhar, acabei com a camisa furada por fagulhas.

O trem parou numa estação, onde foi reabastecido com água, lenha e carvão antes de ser alçado por cabos de aço. Ouvi um patrício dizer que em nenhum outro lugar existia um trem como aquele e me animei. Um lugar onde havia dinheiro... feito para quem precisava ganhar.

Pouco antes da chegada, outro patrício se aproximou.

— Bom dia. Saiu de lá por causa da guerra?

— Isso, foi por isso.

— Você lá era o quê?

— Vendedor.

— Passo te buscar na hospedaria. Sei onde fica.

Agradeci, surpreendido, sem saber para o que ele me queria. A gente, na época, não conversava muito. Será que o homem me queria como vendedor ou será que fez a proposta por eu ser alto e forte... para um trabalho braçal?

Os passageiros saíram do trem e eu fiquei na estação, falando comigo mesmo. *As mulheres do outro lado do mundo... os obstáculos, a gente vence... não corra mais risco neste país que a religião dividiu e o diabo tomou... ninguém nasceu para a guerra... não se sabe em que trincheira Uad está... os corpos vão para a vala comum... só os olhos do céu sabem onde estão os nossos mortos...*

24

Ao lado da linha do trem, num pequeno pavimento, ficava a sala do chefe da estação. Fui até lá. Ele viu logo que eu precisava ir para a hospedaria de imigrantes e chamou um adolescente de carapinha farta. O garoto se aproximou e quis pegar a mala. Recusei. O garoto primeiro fez *não* com a cabeça e depois disse *não*. Nem esta palavra, tão fundamental quanto *sim*, eu sabia e foi a segunda que eu aprendi... *pernilongo*... *não*.

Seguimos até um jardim de árvores iguais às da serra, frondosas. Vi os mesmos ciprestes da aldeia. Entre as flores, reconheci a que tinha folhas luzidias e pétalas como folhas.

De tanto calor, eu me sentei num banco que ficava na frente de um lago. Um animal redondo de pernas curtas, que se movimentava lentamente, foi em direção ao lago. O corpo marrom era coberto por espinhos brancos com pontas pretas. Atraído por ele, um menino se aproximou. O animal grunhiu, bateu as patas traseiras e os espinhos se desprenderam. Por sorte, não atingiram o garoto. Assustado, o pai empurrou a ama com violência e ela caiu no chão.

Olhei a cena estarrecido. Quem se ocupou da moça foi a mãe do menino. Como era jovem, ainda podia ser vendida por um bom preço no mercado... Eu não imaginava os atos de que os brancos eram capazes. Para se curar da sífilis: fazer sexo com escrava virgem. A doença ficaria com ela. Para se vingar da escrava com quem o marido cometeu adultério: quebrar a dentadura dela com o salto, cortar os seios ou queimar as orelhas.

Podia haver aqui terra que não acabava nunca e uma flora sem igual. Mas também havia uma gente sem escrúpulo, feroz. Como pôde Henrique ter se espelhado nessa gente?

Quando jovem, talvez para se certificar da sua virilidade, quis fazer sexo com uma virgem. *O filho do conde fez... Por que não eu? A arrumadeira que entra no meu quarto... 13 anos.* De que forma ele a desvirginou, eu não sei. Só sei que, nove meses depois, a menina deu à luz uma criança natimorta e morreu no porão do palácio.

Henrique não admitiu qualquer responsabilidade, e culpa, muito menos. A ideia de culpa não passava pela cabeça dos filhos dos condes e dos barões que ele frequentava. O homem então não tinha direito à satisfação sexual? A mulher não era feita para saciar o homem? Quando desvirginada, se tornava uma indecente. Só a castidade era sinônimo de decência.

Por não ter olhos para ver quando se tratava do filho, Dib não fez nada para evitar que ele se entregasse aos seus impulsos. Henrique nunca soube se conter e agora se tornou tão pão-duro quanto foi perdulário. Aixa se queixa de dor nos joelhos e não quer mais andar com a bengala. Nádia pede a Henrique uma cadeira de rodas para sair com ela.

— Sua mãe passa o dia inteiro fechada em casa. Precisa ver a rua.

— Mas de que serve a televisão? Você aperta um botão e ela vê a rua sem sair. Cadeira de roda é para quem está aleijado. Que tal não me importunar?

— Isso não pode ficar assim!

Nádia quis procurar um advogado. Depois, resolveu falar com Francis.

— Nem uma cadeira de rodas a sua mãe tem. Henrique sequestrou a sua mãe. Com que direito ele tirou Dona Aixa de casa? Se isso não foi um sequestro, eu não sei o que é. Você também é filho, advogado. Por que não toma a defesa dela?

25

Henrique gostaria de ser descendente dos homens e das mulheres que eu vi no jardim, pouco antes de sair com o guia. Iam em direção a um coreto. Todos eles de casaca e colete. Todas elas de longo com manga comprida. Como podiam se vestir assim se eu, só de carregar a mala, estava suando em bicas?

Aqueles homens e mulheres viviam aqui como se vivessem num continente frio. Não porque quisessem morar fora. Ninguém queria ir para um lugar onde não fosse *devidamente servido*. Almejavam, no entanto, ser iguais aos *homens bons* de lá e, por isso, faziam pouco do calor. À força de imaginar, a gente sai da realidade.

Passamos pelo coreto e fomos em direção a um chafariz. Brancos e negros se empurravam para se abastecer. Alguns desistiram. Sem entender nada, percebi que era impossível beber ali e me afastei. Na rua, em frente, um aguadeiro vendia água de porta em porta. Fiquei sabendo depois que ele fazia pouco dos compradores. *O povo é burro, a água que eu vendo é deles mesmos.*

Entramos numa rua estreita e malcheirosa, que os moradores tinham fechado com entulho para uso próprio. Saímos por um beco onde, pela primeira vez, eu vi uma vaca. O beco se abria numa rua torta de casario baixo. Na janela, uma jovem de lábios carnudos trançava o cabelo. Pela lentidão, o gesto de trançar era incrivelmente sensual. A cor caramelada da pele era única, eu nunca tinha visto igual. Não sei se era mulata ou filha de negro com índio, cafusa... fiquei com ela na cabeça.

Da rua torta, nós passamos para outra, onde havia casas com alpendre e árvores carregadas de frutos inexistentes no meu país... abacateiro, bananeira, mamoeiro. Na esquina, um palacete e, no portão, um homem com uma corda amarrada na cintura. A mucama abriu a porta e ele entrou, enumerando as mercadorias.

Pouco depois, um tílburi parou na frente do palacete. Uma jovem desceu, cabeça coberta com mantilha. Suspendeu a saia para não tropeçar e comprou um buquê de uma florista antes de entrar e se esconder atrás da gelosia.

O guia dobrou à direita numa rua só de comércios. Fui atrás sem dizer nada... um mudo ambulante. De repente, consegui sair da jaula da mudez. Ou melhor, dei um primeiro passo para fora dela. Passando por uma padaria e vendo pão, apontei e disse *kibs*. O rapaz disse *pão*.

Kibs então era pão? Repeti a palavra *pão* com alegria. Para aprender a língua, era dizer uma palavra na minha e designar o objeto a que ela se referia. Esse método só não dava certo quando eu era vítima do preconceito e a pessoa se limitava a estranhar a palavra dita. O guia não era preconceituoso e, no caminho, ainda me ensinou *leite* e *água*.

Aprendi a fazer da escuta um recurso. Quem emigra só conta consigo mesmo. Precisa descobrir na realidade o que torna a vida possível, como Simbad fazia. Na sexta viagem, naufragou e foi parar com os companheiros numa ilha. O chão estava coberto de cristal e jacinto, os peixes cuspiam âmbar, só que não havia o que comer. Morria um homem depois do outro. Simbad foi obrigado a enterrar os companheiros e cavar o próprio túmulo. Mordia os dedos e se lamentava.

— A hora do decreto definitivo soou. Meus olhos não poderão mais enxergar. Teria sido melhor morrer antes dos outros. Meu corpo seria lavado, envolto numa mortalha e enterrado.

Mas, andando, ele escutou o barulho de uma torrente que entrava numa montanha. Em algum lugar esta torrente chega, pensou. Construiu um barco e foi pela torrente até o país azul do rei Sarandib.

26

O ouro da escuta... foi com ele que eu sobrevivi aqui. Ao chegar na hospedaria, dei uma moedinha para o guia e ele agradeceu com *obrigado*. Apesar de pobre, me senti rico por já saber cinco palavras: *pernilongo, pão, leite, água, obrigado...* A riqueza de cada um depende da situação em que se encontra.

A hospedaria estava fechada. Por mais que eu tocasse, ninguém abria. Só restou ficar na calçada. Deitei embaixo de uma árvore carregada de frutos maduros e, pela primeira vez, dormi na rua. Nada a ver com dormir ao relento na montanha. *Amrika, vai...*

Ao escurecer, a rua ficou deserta. Um fim de mundo num mundo sem fim. Guerra não tinha... mas também não tinha gente. A iluminação vinha de um único lampião pendurado na hospedaria. Clareava um pequeno espaço e projetava uma sombra movediça. Só quem passou foi um homem puxando uma carroça, o carvoeiro, que voltava para casa. Ia puxando e cantando. Pelo seu enlevo, imaginei que fosse uma canção de amor.

Olhei o céu e me detive nas estrelas. As constelações eram diferentes, mas, com elas, fui para a aldeia.

Pensei nas três mulheres de lá e no amigo deixado na enfermaria do porto daqui. Acabei dormindo e acordei com uma batida no ombro. Por sorte, não foi na cabeça. Vi que era um fruto maior e mais ovalado do que uma maçã, casca verde lisa. Um sumo cor de ouro escorria por uma fissura. Provei, estranhei e quis mais. Para não sujar as mãos, comi a manga sugando.

Assim que a hospedaria abriu, eu entrei. *Salem...* Ouvi *bom dia* e não consegui gravar. O recepcionista não sabia ler o que estava no meu passaporte, e eu não sabia preencher a ficha. Chamaram Dau, um patrício que trabalhava no almoxarifado.

Barba negra e olhos verdes, como eu. Simpatizamos. Talvez por isso ele tenha posto na ficha o endereço da sua casa. Do contrário, eu não poderia sair dali antes de ter um emprego. Dau me deu o direito de ir e vir.

Da recepção, passei para a enfermaria e fui de novo examinado de alto a baixo. Uma mulata, que andava se descadeirando, me levou até o dormitório. Pela forma de caminhar, parecia me dizer *se me quer, tem*, e eu me senti ainda mais atraído quando ouvi a voz melíflua, indicando o canto onde eu deveria dormir.

— *Helui,* eu disse, e ela soube que *helui* significava *bonita* antes de se afastar.

Me instalei como pude naquele canto sem cama. Só um colchão de palha em cima de um chão de cimento. Quanto tempo eu ia ficar ali? O patrício do trem ia mesmo aparecer?

Ao meio-dia, fui para o refeitório pensando no *kibs*. Talvez por isso, Hani tenha aparecido com a assadeira na cabeça. Levei um susto e levantei para escapar à visão. Podia a mãe ter me alertado, no meu país, para o perigo de ser preso, mas agora não havia razão para ela aparecer. Não era de consolo que eu precisava, e sim de trabalho. *Vai embora... não quero você aqui.* Espantei a visão.

A hospedaria era o ponto de confluência dos que não falavam a língua e iam pagar por isso, trabalhando de sol a sol. A maioria havia sido recrutada para substituir a mão de obra escrava na lavoura. O fazendeiro dava a passagem de navio em troca do cultivo da terra.

— Você fica comigo até pagar a dívida...

— Aceito... América! Eu vou.

O coitado não sabia que, para o fazendeiro, trabalho era coisa de negro, e ele seria visto como um escravo branco. Também não sabia que a sua dívida só faria aumentar. Além de ganhar pouco e ser pago com atraso, era obrigado a comprar os mantimentos do próprio fazendeiro. Nos cafundós onde ia morar, não havia outra saída, e o preço dos mantimentos era absurdo. Valia dez, o fazendeiro vendia pelo dobro. Anos depois da chegada, o imigrante continuava endividado.

Os que não foram recrutados vieram por conta própria, querendo trabalhar na capital, mestres de obras capazes de fazer arcos e colunas como ninguém, artesãos qualificados para esculpir estátuas e capitéis, pintores de parede, marceneiros, tanoeiros... sapateiros para sapato de meia-sola ou sola inteira. Sobretudo italianos, porém também portugueses, espanhóis, alemães...

De manhã, todos ficavam no jardim. Um pavão circulava livremente, abrindo a cauda em leque sempre que alguém entrava ou saía. Na ponta de cada pena, brilhava um pequeno olho, o ocelo. O espetáculo da cauda fascinava os que ficavam sentados nos bancos. Os outros ficavam de pé, olhando a rua, colados na grade, à espera de uma proposta.

Pode haver algo mais humilhante do que depender inteiramente do próximo para sobreviver? Nem mais humilhante, nem mais injusto. O pior é que isso não acaba... Nós somos contrários a nós mesmos, desumanos.

27

Aixa está no cubículo como eu estive na grade da hospedaria. Isso não estaria acontecendo se o patrimônio não tivesse se esfarinhado. Da briga causada pelo testamento de Dib e da dilapidação contínua, eu já falei. Mas, como se não bastasse, houve roubo antes do testamento, um fato que não podia ser mencionado na família. Teria sido necessário dizer que José, o irmão mais velho de Dib, era ladrão.

Os dois eram muito ligados. A mãe morreu quando Dib nasceu e, aos 12 anos, ele emigrou com José. Teve que ser amarrado no mastro do navio para não cair no mar. Sobreviveu graças aos cuidados do irmão. Anos depois, eu o contratei para trabalhar na empresa.

Ao ver Dib, Aixa se apaixonou. A postura dele era imponente, o rosto ovalado e o nariz retilíneo. Os olhos de Dib eram amendoados como os meus e Aixa me viu nele. Além de altos e magros, a pele dos dois era a mesma: cor de oliva. Um se espelhou no outro, e Aixa passou a sonhar com o casamento, que Dib então sequer podia imaginar. Casar-se com a filha de Omar? Aixa insistiu e me convenceu de que aquele homem era o seu destino.

A pedido dela, três meses depois do casamento, meu genro se tornou sócio na empresa. Minoritário, mas sócio. Nunca consegui contrariar a princesa... *Dib é meu marido, também é seu filho, pai. Sempre gostou de você e com ele o negócio só vai crescer.*

Sabendo que Dib era ligado ao irmão mais velho, e este havia feito mais de uma falcatrua, eu não devia ter cedido. Cedi com a condição de que ele não introduzisse o irmão na sociedade. Dib aceitou. Só que, na semana seguinte ao meu enterro, faltou com a palavra dada, alegando que José havia se corrigido.

José era incorrigível. Antes de emigrar, enganou o dono da loja onde trabalhava, surrupiando dinheiro do caixa. Depois, deu vários cheques sem fundo. Como eu previa, ele nos roubou. Aixa quase enlouqueceu. *Maldito irmão. Maldita eu, que abri o flanco. Omar estava certo. Mas quem pode imaginar uma traição na família? Dib me traiu. José nunca mais pisa em Baal.*

Aixa foi educada para amar os familiares, não para desconfiar deles. O amor não requer provas e não aceita a desconfiança. A bem da verdade, nem Dib pode ser incriminado. Para ele, José foi um salvador. Por isso, faltou com a palavra. Um ato suficiente para mudar o rumo das coisas e impedir que eu descansasse em paz.

Aixa nunca perdoou o marido, que foi morar numa fazenda aonde só quem ia era Lisa, a filha que ele deserdou! No coração de Dib, não havia lugar para ela. Quando a caçula nasceu, ele ficou contrariado. Anunciou o nascimento sem mencionar o sexo da criança.

Passou dias inteiros trancado no quarto, remoendo a decepção. Não se interessou pela recém-nascida. Pouco importava que ela vingasse. Do seu ponto de vista, a menina era como o pé que nasce torto e precisa ser arrancado. O homem mais bonito da cidade foi o mais contrário a si mesmo. Traiu o sogro, arruinou a esposa e, por preconceito, deserdou a filha.

Também por isso, Aixa diz que deseja morrer. Íris dizia isso por outro motivo. Não aceitava a condição de viúva. O amor, para ela, estava acima da vida e também era maior do que a morte. Aceitou ficar viva até a sua hora chegar, só para ouvir o meu *iahabibe*.

Ao contrário da mãe, Aixa sente que não foi amada pelo marido nem pelo filho mais velho. Não tem por que viver se não voltar para Baal, que foi a razão da sua vida.

28

Na hospedaria, a razão da minha vida era ir embora com um patrão. Dau me tranquilizava.

— Não vai faltar trabalho, sossega... O que falta é trabalhador, você já foi vendedor, pode ser mascate. Quem aprendeu lá, ensina aqui. Antes de ontem, veio um sujeito procurando ajudante. Queria alguém que fosse com ele para uma fazenda do interior... eles lá não têm nada, precisam de tudo. Não têm panela, não têm louça, não têm talher, não têm móvel... em suma, não têm. A sorte é que os fazendeiros agora estão vindo para a capital, morar nas chácaras. São mais do que ricos e compram muito. O que cair na rede é peixe. Se o tipo de ontem não encontrar um mascate ou um escravo já alforriado, ele volta. Se não for ele, será outro... calma.

— Só quem tem dinheiro no bolso pode ter calma!

— Não sei de ninguém que emigrou com dinheiro. Deixa de pensar e vem comigo para o depósito. Preciso checar a mercadoria.

Passei um bom tempo ajudando, contando os lençóis, os cobertores, os sacos de cereais — arroz, feijão, milho. Aprendi a escrever os números para fazer o registro. Dau me ensinava o que podia.

— Arroz, eles comem todo dia, feijão, milho... Você passou da civilização do trigo para a do milho.

— Prefiro o trigo.

— Somos dois... Vamos contar o pinhão.

— Pinhão?

— Semente de pinheiro... Os colonizadores aprenderam a comer com os índios.

— Parece o nosso pinhãozinho... A mãe fazia *snauber* com arroz...

— Aqui não tem *snauber*, tem o pinhão e a mandioca, que os índios já comiam, uma raiz que virou *farinha de guerra,* o alimento dos que entravam pelo interior, caçando ouro e pedras preciosas. Comiam farinha de mandioca e carne-seca... era o farnel deles.

Quando a contagem no depósito acabou, eu bendisse a sorte de ter encontrado um professor. Fui para o quarto. Mas fazer o quê, sentado num colchão de palha? No jardim, me senti ainda mais sozinho. Com ninguém eu podia conversar. Restava olhar o cair da tarde e contemplar o céu.

Por sorte, assim que escureceu, a moça da enfermaria passou pelo jardim. Já ia embora. Saí atrás dela e chamei novamente... *Helui.* A moça voltou o rosto. Fomos adiante, eu sempre me aproximando um pouco mais, ela me olhando. Até que Helui atravessou o portão de uma casa em ruínas e bateu na porta. Uma, duas, três vezes. Quem abriu foi um homem de muleta. Só podia ser o marido.

Voltei para a hospedaria e sonhei com Íris no colchão de palha. Só que a flor da montanha agora era mulata. Inesperadamente, o trópico entrou no meu sonho. Íris foi amada de outra maneira.

A querida sempre viveu para mim. Emigrou sem sair da aldeia. Insisti para que aprendesse a língua, mas não houve jeito. Cheguei mesmo a contratar uma professora. Adiantou? Íris passou a ensinar a nossa língua para ela. Quando precisava se comunicar com alguém, recorria a Francis, que sabia as duas línguas, ao contrário do irmão. Henrique não suportava os sons guturais e fazia pouco da avó quando ela dizia *maktub*. *Por causa de* maktub *você aceita tudo. Não quero viver cabisbaixo como você.* Pelo tom da voz, Íris desconfiava que estava sendo destratada. Mas dava de ombros. O neto queria distância do Oriente? *Maktub*.

29

Como Íris, eu disse *maktub* na hospedaria. A palavra me ajudou a suportar a espera pelo patrão. Tive que me exercitar na paciência. Quem não tem? Foram vários dias de pé diante da grade, olhando a rua, até o patrício do trem aparecer.

Graças a Dau, antes disso, enviei uma primeira carta para a mãe. Ditei e ele escreveu.

As estrelas daqui são diferentes, mas eu vou com elas para onde você está. Olho o céu e te ouço dizer o nome das constelações. As frutas também são outras. Figo, abricó e maçã, não tem. Gosto de uma chamada manga... *nem precisa descascar, a gente fura e chupa pelo buraco da casca. O sumo é amarelo e a casca é verde.*

Já se passaram mais de dois meses... Não precisei comprar a passagem, embarquei como auxiliar de cozinha. Descasquei batata e cebola até mais não poder. Em compensação, comi melhor do que os outros.

Tive sorte na travessia, muitos adoeceram no navio. Um homem morreu e foi jogado no mar. Até hoje, escuto a batida do corpo na água e o grito da esposa. Outro coitado descobriu, durante a viagem, que não ia para a América do Norte e se atirou no mar. Amin, o amigo com quem eu viajei, adoeceu na chegada e ficou na enfermaria do porto. Não pôde vir para a capital, onde estou numa hospedaria de imigrantes.

Troquei a túnica por calça e camisa de algodão, as babuchas por sandálias. Tem muita gente que anda descalça, eu não consigo. Quando o chão não queima o pé, está molhado, e não gosto de pisar na lama...

Além de ser sempre a mesma, a comida é estranha... só como para me sustentar. Verdura eu já nem sei mais o que é. Tem sol o tempo todo e terra de sobra, porém eles não plantam. Assim que der, faço uma horta. Sem salsa e hortelã, não dá para viver... sem o tomate que você amarra na cerca, colhe e armazena. De nada eu me esqueço. Só que procuro não pensar para não sofrer.

Teto não me faltou, passei de uma hospedaria para outra, sempre dormindo num colchão de palha em cima do chão. O povo faz a cama com um tecido grosso de algodão, que fica suspenso no ar por duas alças. Chama rede. *Com o balanço, a rede faz quem se estatelou nela adormecer. Mas não gosto de dormir suspenso. Pode ser que um dia eu me habitue.*

Estou esperando uma proposta de trabalho.
Saudade. Íris não me sai da cabeça.

Omar

— O correio fica no caminho de casa. Posso pôr a carta para você.
— Mas quanto custa?
— Não precisa se preocupar.
— Como não?
— Depois, você acerta comigo. Nem tudo a gente faz por dinheiro.

Mesmo que custasse pouco, era a primeira e a última que eu mandava antes de trabalhar. Um luxo que eu não me autorizava. Podíamos, Hani e eu, ter saudade, o que de fato contava agora era sobreviver.

Assim que a noite caiu, a mulher que se descadeirava atravessou o jardim. Helui... Fui atrás e me surpreendi quando, em vez de ir para casa, ela seguiu para o jardim, em frente da estação, e deitou na grama.

30

Vem, ela me disse, e eu deitei para ser desvirginado. Aquela grama foi o melhor dos tapetes. Que Helui fizesse comigo o que ela quisesse. Me incendiou com a mão, cobra pelo corpo.

Devorei a mulher com o dedo, com o sexo e com a boca... ela deixou que eu a amasse como bem entendesse... me deu a liberdade de imaginar, tomei-a por Íris. Consegui adiar o fim... saborear a pele da mulher, que só desejou o homem da montanha pelos belos olhos e pela barba negra, um tipo que acabava de trocar as babuchas pelas sandálias, tendo apenas a memória de um passado trágico e a esperança de um futuro melhor... João-Ninguém.

Helui foi generosa. Nós nos entregamos um ao outro até suspender o tempo, e tive a ilusão de ser eterno. Na época, eu vivia sem pensar no que vivia. Se não fosse assim, não teria ido com ela para o céu.

Nas águas de Helui eu renasci. Quem não renasce nas águas do amor? Saí do jardim todo picado, mas bem-disposto como quem respira o ar da montanha. Andei pelas ruas ainda desertas e passei pelo beco da vaca que arrancava a grama do chão e ruminava. O tempo da vaca era o de quem ignora o tempo, e eu quis ser como ela.

Só apressei o passo para tomar o café da manhã na hospedaria. Quisesse ou não, precisava comer. Saindo do refeitório, topei com Dau, que, de tão nervoso, rangia os dentes.

— Estou precisando de ajuda no almoxarifado. Ninguém me avisou que eu ia receber um caminhão de mantimentos... tenho que verificar tudo.

— Eu te ajudo.

— Dizem que vão entregar num dia e entregam no dia seguinte... Dizem uma coisa e fazem outra. Até agora, não encontrei um único homem de palavra aqui. Não dá para prever nada...

Fui com ele para o almoxarifado, apesar de saber que o meu lugar era na grade, esperando uma proposta. Só podia ficar na hospedaria treze dias. A regra era essa. Mas deixar de ser solidário eu não podia. Aprendi isso na aldeia. Se a mãe não se ocupasse do bicho-da-seda, a tia, da plantação, e eu, do que Hani ou tia Laila pedisse, ninguém comeria a contento.

Terminada a verificação no almoxarifado, Dau e eu fomos para o jardim.

— Quer um cigarrinho, Omar?

— Nunca provei...

— Prova o cigarro de palha. Mosquito nenhum suporta o cheiro.

— Nem mesmo o pernilongo?
— Nem mesmo ele.
— Então, me dá. Sou capaz de fumar uma dúzia para afastar pernilongo.
— Você sabe pitar?
— Pitar é o quê?
— Quando a gente fuma sem engolir a fumaça.

Teria preferido o narguilé, mas aceitei de bom gosto o cigarro e fiquei ali fumando. De vez em quando, Dau designava algo intraduzível, *goiaba, mamão, abacate*... Me oferecia as palavras e eu tomava nota na cabeça. A língua era o meu abre-caminho.

Dau quis me levar para a casa dele. Agradeci, mas recusei, alegando sono. A bela talvez passasse de novo pelo jardim... Qual nada! Não deu o ar da sua graça e eu saí da hospedaria, correndo o risco de ser assaltado.

A iluminação era pouca, mas eu precisava andar. Só me detive na frente de uma igrejinha, onde um casal de negros dançava ao som de uma guitarra, um tambor e um pandeiro. Quem tocava o pandeiro era um menino. Alternava sorrindo a batida dos quatro dedos e do dedão.

Tanto o homem quanto a mulher dançavam se descadeirando com a mão atrás da cabeça. De repente, se aproximavam para bater o umbigo e se afastar. Ou, então, para que ele colasse o peito nas costas dela, como se fosse o seu duplo. *Bate, afasta, cola.* Nada a ver com a dança da aldeia. Os homens e as mulheres sempre enfileirados, batendo os pés no chão... cruza o esquerdo, suspende o direito, cruza de novo o esquerdo e bate no chão — como quem obedece uma ordem militar.

    Não consegui me afastar enquanto o casal dançava o lundu, que depois entrou nos salões, com a substituição da umbigada por uma simples e respeitosa mesura... Triste substituição!

31

Em Baal, não se dançava o lundu, e sim a valsa vienense, que Aixa escuta o dia inteiro, porque Nádia comprou um rádio. Aixa faz Campeão rodar em torno de si mesmo no cubículo. Depois, como se o professor de dança estivesse na sala, fala com ele.

— Já ouvi *postura reta e torso fixo*. Mais reta do que eu estou, não é possível. Quem precisa aprender é Lúcia, a amiga que está chegando.

Diz isso e apoia delicadamente a mão na cabeça de Campeão para o cachorro mudar de ritmo.

A campainha toca. Nádia vai atender, supondo que seja Francis. Mas é o leiteiro, que Aixa toma por Lúcia.

— Você está atrasada para a aula, Lúcia. A valsa, o professor já ensinou. Agora, vai ser o tango: *corpo inclinado, passo firme e olho no olho*.

Aixa não para de falar e pede a Nádia que acenda as lanternas chinesas do salão. Como é possível que, no espaço em que ela recebia só para amenidades, meus netos tenham se digladiado? A avidez é o denominador comum quando se trata da herança... a avidez e a irracionalidade. Para dividir seis objetos por quatro herdeiros, dois serão quebrados pela metade. Os lençóis de casal serão cortados ao meio. As joias, em princípio, ficam para as mulheres. Só em princípio, claro. Um dos filhos homens pode querer as joias para a filha dele, que, afinal, também é mulher.

Quem não ouviu falar de uma família em que a herança foi um gerador de infelicidade? Os herdeiros mal expõem o defunto e já estão se matando — até mesmo por móveis surrados ou quadros sem valor. Ninguém tem tempo para o luto, porque é preciso se ocupar dos bens.

A herança destrói laços existentes e constrói outros que se dissolvem logo após a partilha... laços de interesse. Meus netos não se falam. Depois do voto a favor da demolição de Baal, ninguém mais se viu. Vão se encontrar para se desentender sobre a divisão dos móveis.

— Quero os da sala oriental... Aixa me deu.
— Como assim?
— Os móveis são meus.
— Ela não deixou nada por escrito.

Ao sair da aldeia com o projeto de casar e me tornar pai, eu não imaginava essa situação. Meu plano para a família foi sabotado. Isso me impede de descansar em paz. Ousei o mar e escapei à guerra. Suportei deixar de ser quem era e trocar de pele a fim de sobreviver. Só que não foi possível morrer. Isso não é dado a todos. O pior é que Aixa me chama, e eu nada posso pela querida. Só resta ir em frente.

Passei uma semana na grade da hospedaria, à espera de uma proposta. *Até quando? Dinheiro... preciso trabalhar. Parado assim não dá. Amrika, Laila falou. Vende lá como vende aqui... Falar é fácil, emigrar é outra coisa.*

Depois de uma semana, o patrício que eu havia encontrado na subida da serra apareceu de terno escuro e chapéu de feltro. A barba tão negra quanto o cabelo, cerrada e comprida, o bigode que escondia a boca feito um véu. Um homem taciturno.

— Meu nome é Saad. Bom dia.

— Bom dia... Me chamo Omar.

— O calor deste país é infernal.

— Isso não me incomoda. A comida...

— A gente se acostuma. Você me disse que foi vendedor.

— Vendedor numa loja...

— Preciso de um ajudante, tem que ir para onde eu for.

— O ajudante sou eu. Vou já buscar a mala. Só peço que o senhor escreva o seu endereço para o Amin.

— Quem?

— O amigo que viajou comigo... ficou na hospedaria do porto, doente.

— A febre amarela...

Saad escreveu o endereço, que eu dei para o recepcionista da hospedaria, pedindo que entregasse ao meu amigo. Quanta ingenuidade! O movimento era grande e, num piscar de olhos, o recepcionista ia esquecer a promessa, que, por sinal, quase nada significava... Promessa aqui nunca foi dívida.

Mas o bilhete não chegou às mãos de Amin, porque ele nunca saiu do porto. Depois de ter tido febre, tontura e calafrios, sucumbiu com uma icterícia grave. Suportou a travessia e morreu por causa de um mosquito!

Saad não era de esperar. Me despedi rapidamente de Dau, peguei a mala e fui andando ao lado do patrão, que devia ter o dobro da minha idade e talvez fosse seco por ser franzino. Já era dono de uma loja na capital, onde vendia roupa para casa, roupa para homem e mulher, material de pesca, material de caça, joias de latão e toda a sorte de armarinhos, além de pequenos prazeres, como cigarro, fósforo, sabonete, perfume. Um *souk* que, na ausência de Saad, ficava entregue a Salma, a esposa; ela se ocupava tanto da casa quanto da loja.

Ao sair da hospedaria com o novo patrão, fui me perguntando como ia ser. *O que ele espera que eu faça? Nem falar eu sei!*

Andamos até pegar um bonde puxado por dois burros que ia até a loja e parou uma única vez para a troca dos animais. O cocheiro desceu pitar um pouco, e a parada foi mais longa do que o tempo de transporte. Depois da troca dos animais, ele assobiou. Queria se certificar de que não havia outro bonde na direção contrária. Como não teve resposta, nós continuamos até a rua da loja, que margeava um rio e estava alagada. Todas as ruas da cidade eram acanhadas e úmidas, mas o tráfego de carroças, ininterrupto. Senti cheiro de esgoto.

— Chegamos, Omar. Pode descer.
— Vende o quê na sua loja?
— Você vai ver.

Não foi possível estabelecer um diálogo. Por sorte, a esposa de Saad era mais solícita. *Ahlo sahla!*, me cumprimentou do balcão onde estava com uma freguesa. Segui com Saad até o fundo da loja e entrei num corredor escuro que atravessava os quartos dos empregados. O corredor terminava num jardim com parreiras que subiam até o andar de cima.

Um negro bem-disposto, Chico, trançava corda cantando. Tinha mais de dois metros e foi contratado por ter vencido o lutador de um circo, que se apresentava na capital, desafiando os moradores. *Quem enfrenta? Quem se atreve? Vem que tem.* Chico me cumprimentou com um *bom dia* sonoro. A expressão calou fundo, e eu me surpreendi dizendo *bom dia*, já me exprimindo na língua do país.

32

Além de minúsculo, o quarto era abafado... não tinha janela. Só que o aluguel cobrado por Saad era mínimo. Deixei a mala e fui ao mercado, que ficava ao lado, atrás de uma rua lamacenta. Andei ouvindo sem entender as diferentes falas. Vi barracas com esteiras, cestos, vasilhas de barro... Vestidas com roupa colorida e colares de miçanga, as escravas apresentavam seus quitutes em tabuleiros.

Os açougues se sucediam e, como na aldeia, a carne ficava pendurada. Quis comer carne assada. Salivei de vontade e foi só. O jeito era me alimentar com frutas. Comprei banana e comi sentado na guia da rua, embaixo dos urubus, que devoravam as tripas e os miúdos jogados pelos açougueiros. Um desperdício, pensei comigo mesmo, lembrando da tripa recheada que se fazia na aldeia e dos miúdos na grelha. Não sabia ainda que o desperdício era a norma aqui. A quantidade de comida jogada fora é tamanha que o lixo alimenta um exército de mendigos...

Henrique adotou a norma do desperdício. Antes de se casar, dormia até a copeira entrar no quarto com o café da manhã. Comia para dormir de novo até a hora do almoço. Só então a arrumadeira podia pegar a roupa suja para a lavanderia — depois de ter separado a suja da limpa, porque nem isso ele fazia. Tirava calça, cueca, camisa e jogava tudo no chão. Não tem educação... É como os amigos — todos ricos e mal-educados.

O fato é que o dia, para Henrique, começava tarde e a sua principal atividade era o consumo. Comprava um carro depois do outro... Studebaker vermelho, Buick prateado, Ford Thunderbird azul-real... No fim de semana, saía num conversível amarelo. Só parou de comprar depois de ter perdido no jogo.

Aixa não dilapidava, mas também não era de poupar. Só não gastava mais com roupa por estar sempre de terno. Talvez preferisse ser homem. O porquê disso eu não sei. Sempre gostei das mulheres e pode até ser que tenha gostado demais... As belas se sucederam antes de Íris chegar. Por ser desconhecido na cidade, nem precisava da capa que os outros usavam para encontrar as prostitutas... uma capa de gola alta.

Nunca lamentei ser pai de filha única. O problema foi ter dado a Aixa a ilusão de que o dinheiro não acaba, cai do céu, como o maná no paraíso. Aixa enfeitava o palácio com guirlandas só de orquídeas e enviava convites caligrafados sobre cartões de madrepérola. Comprava vestidos suntuosos para as amigas que não tinham recursos e não podiam faltar nas suas festas. Pergunta agora se Nádia já tomou todas as providências para o aniversário.

— Os drinques precisam ser servidos no terraço... não pode faltar amêndoa nem pistache. Além do bolo, doces de damasco e tâmara. Para as crianças, tem a tenda do jardim... Não esquece de avisar os convidados que a festa vai até a meia-noite. A orquestra começa e acaba com um tango... a música que o embaixador prefere, "La Cumparsita".

A embaixatriz de Baal vai receber o embaixador do meu país. Mora no cubículo, mas continua no palácio. Nádia não a contraria. Para tudo ela diz *sim*. Seria cruel dizer que a festa de aniversário não pode se realizar. Além de cruel, inútil. De tão magra, Aixa mais parece um fio ambulante. Apesar disso, está contente, cantando incansavelmente o mesmo tango. *Si supieras/ Que aún dentro de mi alma/ Conservo aquel cariño/ Que tuve para ti... Quién sabe si supieras/ Que nunca te he olvidado.*

Aixa recebeu sorrindo as flores que Francis levou para ela e instruiu Nádia a pôr no vaso chinês.

— O buquê do embaixador é lindo... rosas vermelhas... Merece o melhor dos vasos.

33

O buquê do embaixador! Gostaria de mandar dezenas de buquês. Como pode Aixa ter saído inteiramente dos trilhos? Nunca imaginei tamanho desatino. Francis vai enfim chamar o médico. Mais lerdo do que ele, eu não conheço.

O fio da meada... não posso perder.

Na volta do mercado, fui direto para o quarto. Só consegui dormir de manhãzinha. Pouco antes de ouvir a mula zurrando no quintal. Chamava Lerdeza, mas tinha pressa de comer, e Chico deu logo a ração. Lerdeza era diminuta, cor marrom-acinzentada, olhos gentis e maxilar proeminente.

Me aproximei de Chico com um *bom dia* e recebi um prato com a pasta de milho da hospedaria. *A mesma pasta! Até quando? A língua... preciso aprender... Chico-professor, tem que ser.*

Saad desceu do andar de cima dando ordens, como era esperado. Mandou Chico preparar a mula com a mercadoria.

— A cangalha e duas bruacas. Numa você põe o anzol, a tarrafa, a espingarda e o facão. Põe também cigarro, fósforo, sabonete, purgante e perfume. Na outra bruaca, os utensílios — panela, concha, colher e faca. Não esquece o alforje. Vê se tem tudo que precisa, o feijão, o arroz, a gordura de porco e a carne-seca... Café também não pode faltar.

Saad me mandou depois ficar na loja com Salma para arrumar as duas caixas que Chico e eu íamos carregar nas costas. A maior servia para a roupa de cama e mesa. A menor, para os chapéus e as roupas masculinas e femininas.

O patrão só carregava uma cesta com as joias e os armarinhos — agulha de costurar e tricotar, carretel de linha e de lã, dedal, renda e botão, além de crucifixos, rosários, santinhos — medalhinhas de madeira com a imagem do Cristo crucificado —, frasquinhos com água do rio Jordão.

Salma ia pondo as mercadorias na cesta e dizendo o nome de cada uma para eu aprender. *Agulha* virou *gulha*, para *linha* eu disse *lina*. Percebendo meu interesse, ela repetia as palavras até eu acertar. Incluiu na cesta objetos para Saad dar se quisesse — gaita, canivete, perfume, pó de arroz e batom, que se fazia na época com manteiga de cacau. Com essa tralha e o bom uso da palavra, ele transformava qualquer lugar no mercado das Arábias. *Salem, bom dia. O que a senhora, a rainha da casa, precisa? Tem de tudo e o que não tem a gente traz... Agulha? Tem a de tricotá e a de costurá. Leva as duas. E o senhor, o dono da casa, quer o quê? Anzol e espingarda pra caçá, cigarro tem.*

Bola pro menino brincá... amarela, verde, vermelha...
Salem, bom dia, eu estou aqui.

Chico carregou a mula e entrou na loja, onde apareceu Marta, a filha única de Saad. Não se parecia em nada com a mãe, era a versão feminina de Saad. O mesmo rosto ovalado e o nariz levemente adunco. Mas o olhar era diferente, maroto. Sorriu, cumprimentou com a cabeça e logo saiu, contrariando o pai.

— Não quero Marta na rua o dia todo. Onde ela vai de novo, Salma?

— Vai pra escola, você sabe disso.

— Mas quem fica no balcão se você precisar?

— A Dulce, estou ensinando...

— Acha mesmo que você tem tempo para isso?

— Tempo eu arrumo, porque minha filha precisa estudar...

Marta aproveitou a discussão para sair de fininho. Salma foi fazer café, que eu tomei com gosto. Como na aldeia, o café não era coado. Por ordem de Saad, amarrei no corpo a caixa menor e Chico, a maior. Vinte e cinco quilos numa e quarenta na outra.

Seguimos atrás do patrão, que abria caminho e anunciava a nossa chegada com a matraca — duas tabuinhas ligadas por uma tira de couro, que batiam uma na outra com o movimento do braço.

34

Para Saad, qualquer casa — rica ou modesta — significava venda. *Salem, bom dia...* Na primeira, a patroa disse que estava ocupada.

— Não posso atender. Vai embora.

Saad não desistiu. Nunca levava a sério a recusa. Falou, argumentou e acabou entrando. Precisava pelo menos mostrar a mercadoria, disse. Fez isso e a mulher comprou agulhas de tricô. Saad não se contentou.

— Uma toalha de mesa. Para o dia a dia, tenho a azul. Para dia de festa, uma branca com renda. A senhora não vai se arrepender...

— Comprei as agulhas, mais que isso não dá.

— Dá sim... paga depois.

— Toalha eu já tenho.

— Mas de vestido novo a senhora precisa, tenho certeza.

Saad olhou com insistência para mim e a intenção do olhar não me escapou. O patrão queria mostrar a mercadoria. Na caixa menor, havia roupa masculina e feminina. Mostrei um vestido e a mulher gostou.

— O vestido é lindo, mas estou grávida.

— Que maravilha! O Bom e Barato tem vestido largo, como a senhora precisa, e também babador para bebê...

— Boa ideia, me dá.

O principal recurso de Saad era a venda a crédito. Convencia o comprador a ficar com a mercadoria. Se não pagasse, sujaria o nome na praça, um risco que ninguém podia correr.

O patrão conseguiu o que queria e foi adiante. *Tac tac tac... Ahlo sahla. Chegou Bom e Barato, garantia de qualidade... Ninguém é obrigado a comprar... Olhar não custa... Tem tudo pra qualquer gosto, qualquer tamanho. Tac tac tac...* Atrás de nós, a mula se deslocava com as panelas tilintando. Isso também servia para anunciar a chegada.

Lerdeza mal suportava o fardo. Às vezes, empacava e sacudia as orelhas. Chico se irritava.

— Vem, anda. Vai levar uma chicotada!

Chico ameaçava, mas raramente batia. Por sinal, não dispunha de chicote, só de uma vara.

A mula era o animal mais resistente — nascida do cruzamento de égua com jumento. Imprescindível para o Bom e Barato. Melhor do que ela, só mesmo Chico. Não empacava, apesar do peso da caixa...

Saad fez várias pequenas vendas antes de bater na porta de um sobrado com balcão de ferro. A dona da casa abriu, olhou e recusou com um gesto da mão. Saad transformou o *não* em *sim*, pegando delicadamente a mão dela para cumprimentar. O homem era um ás, e eu ficava atento para entender a negociação, deduzir o sentido.

— Bom dia. Quanto tempo não vejo a senhora! Sei que não precisa de nada, mas olha este jogo de lençóis. Com esta qualidade, só o Bom e Barato... Mil réis, vale mais.

— Mil réis? Pode entrar.

Saad entrou, ela escolheu um jogo e pagou mil sem imaginar que o negócio ia continuar. O patrão embolsou o dinheiro e perguntou quando ela poderia pagar o restante.

— O restante? Você disse mil.

— Um jogo como este? Veja o algodão dos lençóis. Milagre eu não posso fazer!

— Mas você disse...

— Mil por mês... foi mal-entendido.

— Mal-entendido nada, uma lorota!

— Veja a qualidade do tecido.

— E o total, então, quanto é?

— São três prestações. A senhora já pagou mil, tem só mais duas, é bom e barato...

A mulher fez um muxoxo, mas aceitou. Saad se despediu com um sorriso e apressou o passo até o entardecer. Quando nós enfim paramos num jardim, eu me retorcia de dor de estômago. A sola dos pés ardia como se eu tivesse pisado em brasa. Chico se queixou de dor nas costas. Se eu fosse obrigado a carregar a mala dele, morreria.

A comida foi aquecida num fogo aceso no chão, feijão com farinha e carne-seca. Saad devorou o que

Chico deu e aproveitou a última luz do dia para registrar as vendas no livro de contas. Abria a página, escrevia o nome do freguês, a mercadoria comprada, o valor total, o pagamento e a dívida. Além das vendas, registrava no livro as encomendas.

Só quando a noite caiu e eu já pegava no sono, ele se dignou a falar comigo.

— Viu como faz? Orgulho ferido não é para mascate. Se a mulher diz *não,* você diz *sim* e vai devagarinho. Do contrário, não vende nada. O total, você só fala quando o comprador já se encantou. Se a mulher se zanga, você não rebate, diz que houve um mal-entendido.

Saad continuou até Chico tocar sua flauta de cana. O som mais parecia um choro, ou eu talvez tenha imaginado isso por sentir falta da aldeia. Se pudesse ouvir Uad... as histórias de Simbad, que driblou tantas vezes a morte... A voz do amigo era tão melíflua quanto o alaúde.

Com a flauta, me voltei para o céu e vi a lua. Apontei e disse *qamar.* Chico traduziu por *lua;* eu repeti, sem saber ainda que o gênero do astro nas duas línguas é diferente. Nem a lua de quem emigra é igual. O imigrante aprende a se desapegar de si mesmo e só quem aprende isso sobrevive.

35

Fui acordado por um trovão, já ouvindo a ordem de Saad.

— Prepara a tralha da mula, põe o arreio, a sela e as bruacas. Anda logo, senão estraga. Leva as caixas para o coreto. Já perdi dinheiro por causa de chuva. Não quero ter prejuízo de novo.

Saad sabia perfeitamente que, depois do trovão, o céu ia desabar. E foi o que aconteceu. Uma rajada tão forte que parecia o fim dos tempos. Corremos para o coreto. Se o mascate se molhasse, se ele rangesse de frio, tanto fazia. Já a mercadoria não podia sofrer. O ouro de Saad estava nas caixas, a razão de ser. Chegamos no coreto com a roupa colada no corpo e a água escorrendo pelo rosto, encharcados.

Assim que a rajada passou, saímos na lama atrás do patrão. *Tac tac tac... Ahlo sahla... Chegou Bom e Barato, garantia de qualidade.* Dia de chuva, poucos mascates se aventuravam; a ocasião era propícia para ganhar o dobro. De medo que o fornecedor de sempre não passasse, a freguesia comprava de quem se apresentasse. Saad não perdia uma única oportunidade. Quanto mais fregueses, mais contos de réis. O enriquecimento dele era fruto de uma determinação inabalável.

Bateu na porta de uma conhecida e perguntou se ela queria alguma coisa. Antes mesmo de ouvir a resposta, enumerou as mercadorias: agulha de costurar e tricotar, carretel de linha e novelo de lã, dedal, renda e botão...

— Hoje, eu não preciso de nada.

— Sei disso, mas olhar não custa.

A mulher acabou comprando a renda e depois, no caminho, Saad falou comigo.

— A gente não pode dar ouvidos a tudo, principalmente se é *não preciso de nada*. A pessoa não compra porque tem necessidade disto ou daquilo.

— Por que, então?

— Porque precisa ter certeza de que pode comprar. Pouco importa que seja supérfluo.

O Bom e Barato precisava chegar numa fazenda antes do anoitecer, só que não deu. Depois de atravessar um atoleiro e um trecho de mata fechada, paramos num rancho. Saad deitou com a espingarda ao lado.

Não fomos surpreendidos por onça, como ele temia, mas sim por um homem desgrenhado e desdentado que entrou como um raio, pegou a espingarda e saiu correndo. Devia ser um dos bandidos que se aventuravam pelo interior, fugindo da polícia e, sempre que possível, assaltavam os mascates e os tropeiros.

O sujeito teria se safado se não fosse a pedrada de Chico na cabeça dele. Uma pedrada certeira. O bandido caiu e Chico recuperou a espingarda. Não bateu no homem, que estava inerte, com sangue escorrendo no rosto, porém xingou até mais não poder.

— Canalha, safado, vagabundo... da próxima vez, faço picadinho de você.

Saad se retraiu completamente. Nem para fazer anotações no livro ele teve ânimo. Chico, que era nascido no interior, se esqueceu do ladrão e foi esquentar a comida. Assobiou a música que havia tocado na véspera.

Com o fogo, Saad voltou à tona, maldizendo a sorte.

— *Haracleb*, merda, a gente trabalha como burro, chega um vadio e leva a espingarda. Como se eu não precisasse vender. O ladrão, o atoleiro, o mato... e eles ainda dizem que a mercadoria é cara. A mula quase afunda na lama. Sobe e desce, toma chuva, toma sol e não tem polícia. Só fiscal. O infeliz não perde ocasião de multar. No mês passado, inventou uma fraude que eu não havia cometido. Propôs que, em vez de pagar a soma devida ao estado, desse a ele a metade em troca do silêncio. Só fez isso por estar certo de não ser punido e por saber que eu teria que enfrentar uma investigação rigorosa caso negasse. O homem tinha a faca e o queijo na mão, podia me prejudicar. Melhor encontrar o diabo do que o fiscal.

Saad se acalmou depois de comer e logo dormiu. Apesar de cansados, Chico e eu ficamos, por assim dizer, conversando. Chico repetia as palavras e, para eu entender, apontava as coisas. Ou, então, dizia uma palavra e cantava a música em que ela aparecia. Com isso, o som se tornava familiar.

O rancho ficava no meio do mato, os perigos eram muitos. Mordida de cascavel mata, o veneno se espalha no corpo, a gente sangra... Quando não mata, deixa com cara de bobo, olho parado, pálpebra caída. Pior do que mordida de jararaca.

Como eu não sabia disso, dormi e sonhei com um palácio repleto de estrelas. As luzes de Baal se apagaram, mas ele continua iluminado, graças à imaginação de Aixa.

— Preciso de um terno novo para a festa, Nádia. Calça e paletó.

— Calça?

— Sim, claro. Já viu algum homem se vestir de saia?

Nádia não acreditou nos ouvidos. Para não contrariar Aixa, simplesmente respondeu.

— Sem dinheiro, não posso comprar.

— Mas quem precisa de dinheiro? Vai na loja e diz que é para Aixa. Compra a crédito. Henrique quer dançar comigo. *Yo siempre te recuerdo/ Con el cariño santo/ Que tuve para ti/ Y estás en todas partes/ Pedazo de mi vida/ Yo siempre te recuerdo...*

Quando Aixa não imagina que foi roubada, pensa que pode tudo. Apesar do remédio que o médico deu. Nádia está tão desarmada quanto eu, que me esforço para não desistir do meu propósito de rememorar.

36

Saad vivia para os contos de réis. Dinheiro, dinheiro e mais dinheiro. Apesar de ser pai de filha única, trabalhava para sustentar um batalhão. Acordava antes do nascer do sol.

Mal tomou um café e nós saímos por uma trilha de terra vermelha. Saad se servia do facão para abrir caminho e, com o balanço das folhas, os passarinhos se manifestavam. Chico, que reconhecia o canto, nomeava um depois do outro — *sabiá, azulão, pintassilgo* —, enquanto eu repetia, armazenando as palavras como se fossem pedras preciosas. Pouco importava não saber a que pássaro cada palavra se referia.

A trilha desembocou numa estrada ladeada por bambus. De tão ensolarado, o verde reluzia. Chico foi cantando até a fazenda, onde o trabalho ainda era feito por escravos. Só se retiravam para dormir na senzala, um retângulo de pau a pique coberto de sapé, sem janelas... Mas o cansaço era tamanho que eles caíam mortos numa esteira de capim e se entregavam aos pernilongos. Um presente que não era pior do que o porão do navio, onde eram obrigados a dançar, ouvindo o estalar do açoite, que não poupava ninguém, nem mesmo as grávidas. *Dança! De que me importa a tua magra criança de boca negra?*

Quando o Bom e Barato passou pela senzala, os homens já estavam no cafezal sob o controle do capataz. Cada um se ocupava sozinho de mil pés de café. Aplainava e arava a terra, abria buracos para semear os grãos e cobria com duas camadas de terra. Irrigava para acelerar a germinação e, depois, até a colheita, três anos depois, irrigava os mil pés toda semana. Colhia, enfim, sob os olhos do capataz, só os grãos de tamanho médio.

Na porta da senzala, vi duas mulheres que entraram assustadas com os recém-nascidos nos braços. *O come-gente chegou!* Saad sabia do qualificativo e não ligava a mínima. Seguiu para a casa-grande, cujo dono ele conhecia. De um lado da varanda, havia uma capela para os moradores. Do outro, um quarto para os hóspedes. O que não faltava era espaço e também por isso se chamava *casa-grande*.

A porta estava fechada e Saad não tocou a matraca. Cedo demais. Descarregamos a mula e tomamos água do poço, sentados embaixo de uma figueira branca. O tronco era tão grosso que só se podia abraçá-lo com dezessete homens. Os escravos se valiam dos galhos da figueira a fim de esculpir gamelas e fazer oferendas para o *orixá*.

Saad e eu não sabíamos o que era um orixá. Chico sabia, claro; era filho de escravos e conhecia as divindades africanas. O verdadeiro homem da terra era ele — pela resistência ao calor, pelo conhecimento dos bichos, dos pássaros e dos cultos.

À volta da varanda, havia alamandas. De tão intenso, o amarelo das pétalas parecia artificial. Tanto quanto o amarelo do peito do canarinho na gaiola. O azul das janelas e da porta era benfazejo. Como o céu daquele dia, sem uma única nuvem. Não havia vento e nada se movia. A casa da fazenda parecia irreal.

— Todos dormindo... gente rica é assim. Aqui, eu só não vendo leite porque tem vaca no pasto. Vão comprar tudo o que trouxemos, Omar.

— E nós voltamos sem nada?

— Que ideia! Compramos cachaça, arroz, feijão, rapadura e vendemos na cidade.

Só fiz a pergunta por ser marinheiro de primeira viagem. No Bom e Barato, Chico e eu éramos burros de carga na ida e na volta.

Às sete e meia da manhã, uma escrava vestida de branco abriu a porta da casa-grande. Nada a ver com as mulheres desleixadas da senzala. Disse *bom dia* e foi chamar a patroa, que logo apareceu.

— Alguém vai cuidar de vocês... servir um cafezinho com bolo de fubá. Depois do café da manhã, eu volto.

Dona Yolanda não pedia, ela mandava e, mais do que depressa, a escrava trouxe o agrado. Saad tomou o cafezinho e já foi expondo a mercadoria. Pretendia vender para a dona da casa, para as filhas e as mucamas, que deviam estar bem-vestidas na procissão. A roupa toda era feita na casa-grande. Dona Yolanda comandava uma equipe de costureiras, que também faziam a roupa dos escravos. Para a camisa, sempre o riscado e, para a calça, o brinhaço, que o carrapicho não fura.

O modo de apresentar a mercadoria era fundamental. Saad me ensinou a dispor em leque a roupa de cama e a de mesa. Numa perpendicular, os tecidos de seda e algodão. Do lado direito, os armarinhos necessários para a transformação dos tecidos em camisas, saias e vestidos. Do lado esquerdo, as joias de latão, fantasias para as mucamas de Dona Yolanda, que não gostava de ostentar riqueza como as patroas da capital.

37

O resultado da viagem dependia da venda na fazenda. Saad primeiro conversou com a dona da casa.

— O azul está bonito... as janelas. Dona Yolanda mandou pintar?

— Sou obrigada... o sol estraga a pintura.

— Sei como é, faço isso todo ano... senão, a loja fica vazia, ninguém entra. Parece até que a qualidade da mercadoria depende da fachada.

Saad foi em frente, como se estivesse ali só para conversar. Quem precipitou a venda foi ela.

— Você trouxe o quê desta vez?

— Tudo, Dona Yolanda... roupa de cama para hóspedes ilustres... de linho, é claro. Não pode acolher político sem luxo. Veja este lençol, a qualidade do tecido... mais grosso não existe.

— Quero dois jogos de casal... brancos.

— A patroa está certa... branco dá impressão de limpeza. Mas a senhora só pensou nos casais. E se o hóspede for solteiro? Não merece linho?

— Então, me dá dois jogos de solteiro.

— Toalha de mesa? Desta vez, foram feitas por bordadeiras estrangeiras.

— Quero ver.

— Olha esta, perfeita para serviço, com monograma dos donos da fazenda.

— Então, me dá.

Dona Yolanda chamou uma das costureiras para ver o bordado. Aproveitando a presença da moça, Saad passou para a segunda parte da venda.

— A toalha é para a senhora, quando patroa precisa estar de espartilho e com vestido de silhueta fina, igual tem no meu catálogo. Sua filha mais velha, que está em idade de casar, também precisa. Basta um tecido diferente. Tem seda francesa, cambraia, linho... A senhora faz vestido aqui mesmo. Querendo, já encomenda as botinas. Da próxima vez, eu trago.

Dona Yolanda comprou a seda, a cambraia e ainda um corte de linho para a missa na cidadezinha ao lado. O vestido da missa não podia ser o mesmo da recepção na fazenda, e ela nunca se apresentava de qualquer jeito. Fazia pouco das mulheres que andavam em casa de roupão.

Não satisfeito, Saad ainda mostrou um catálogo de móveis. *Por que não encomenda uma cristaleira? De que adianta ter um jogo de cristal trancado no armário?* A pergunta era convincente, e Dona Yolanda encomendou a cristaleira, além das botinas.

A venda só terminou quando o sino anunciou a hora do almoço. Grata pelo colar que Saad ofereceu a ela, a escrava nos deu três espigas de milho cozido, além de três bananas do cacho colhido no pomar. Comemos à sombra de uma mangueira antes de partirmos para o alambique. A cachaça seria vendida pelo triplo na capital. Assim como na ida, era preciso ganhar na volta. O lema do Bom e Barato era esse. Mascate nenhum pode se deslocar de mãos abanando. Comércio é sinônimo de mais e mais. O custo disso pouco importa.

38

Quando chegamos no alambique, Seu Zé estava dormindo. Acordou esfregando os olhos.

— Ai, que preguiça... Trabalhei muito hoje, estava tirando uma soneca.

— Quer dormir mais um pouco?

— Não. Quero vender minha cachaça. A que eu tenho hoje é da melhor. Cana escolhida a dedo! Amarra a mula na cerca, deixa as caixas e a matraca aí mesmo. Aqui não tem ladrão, porque eu...

Seu Zé parou no meio da frase e fez gesto de quem corta o pescoço. Saad largou tudo e nós fomos até a sala de fermentação. A cachaça ficava em dornas de madeira antes de ser destilada e passar para o envelhecimento. Só podia ser engarrafada depois de descansar em barris de carvalho.

Saad pretendia levar a cachaça sem ter que desembolsar um centavo.

— Você me pediu anzol, eu trouxe. Queria uma tarrafa, linha de pescar e um facão, eu trouxe. Não me pediu espingarda, mas eu também trouxe. Hoje, ninguém mais corta pescoço de ladrão. Dá um tiro.

— Boa ideia.

— A arma é sua. Donana precisava de chaleira de ferro... a chaleira está aqui. Basta pedir, tenho respeito por freguesa.

Saad conseguiu trocar a cachaça pela mercadoria e nós fomos para a cidadezinha ao lado. Comprar arroz. O dia era de procissão, o espaço da praça estava tomado. Os olhos dos presentes se voltavam para os andores no portal da igreja. Os que podiam assistir de casa já estavam a postos nas janelas.

O Bom e Barato ficou na praça. Quando o bispo passou sob o pálio, carregando um cibório de ouro, os fiéis caíram de joelhos. No final do cortejo, vestido num camisolão sujo, apareceu um velho que simbolizava a morte. Para evitar a aproximação dos moleques, que ameaçavam bater nele, o velho gritava, girando um chicote no ar.

— Sai, diabo... Sai, que a morte te pega!

Terminada a procissão, Saad seguiu direto para a casa do cerealista. Comprar foi fácil. Difícil foi transportar o arroz nas costas, e eu maldisse a sorte. Ia carregar tanto peso sob um sol escaldante até quando? *Amrika! Vai.*

A propriedade no país não era cara. Dependendo do lugar na capital, um terreno de dez mil metros não valia mais do que um piano. O imperador dos trópicos não tinha mentido ao falar da terra sem fim. Só não disse que, antes de se fixar, o imigrante suava a camisa como um escravo.

O patrão também me explorava, mas eu gostava das pequenas descobertas que fazia no trabalho: uma peça de prata importada da Europa, um vaso de porcelana chinesa... Foi na casa de Dona Yolanda que primeiro vi a louça, os copos e os talheres... era com eles que Aixa serviria os comensais.

Descobrir significava ambicionar. Por que não? Além de ter se estabelecido no centro da cidade, Saad era proprietário de vários terrenos comprados *a preço de banana*, como ele dizia. Comprava para um dia construir. Ser como ele era o que eu mais queria. Me estabelecer no centro, trabalhar no comércio, comprar terrenos... A esposa se chamaria Íris, em vez de Salma, e a filha, Aixa, em vez de Marta.

Inútil programar o futuro. O destino chega e apunhala a pessoa. Aixa está no pronto-socorro. Desmaiou no banheiro e ficou inconsciente. Campeão tentou abrir a porta com a pata. Até Nádia desconfiar, os latidos ecoaram em todos os andares, o zelador apareceu. Nádia, que não queria sair de perto da querida, pediu a ele que telefonasse para os meus netos.

Henrique está preso. Passou com o sinal fechado e atropelou um menino. *Sinal vermelho para quem tem carro como o meu?* Para Henrique VIII, o sinal só pode estar verde. Tentou fugir, mas deu uma trombada. Quando o guarda se aproximou, reagiu com um soco e foi encarcerado... Há três dias, ele procura o advogado a fim de pagar a fiança e sair... o advogado está viajando.

O zelador só encontrou Francis, que chamou o pronto-socorro e foi com a mãe para o hospital. Ao saber que Henrique tinha agredido um guarda depois de ter atropelado um menino, Francis resolveu tomar a iniciativa que já devia ter tomado há muito tempo: anular a doação feita por Aixa. *O meu diploma agora há de servir. Ninguém pode tudo sempre. Henrique tem que pagar pelo que faz. Pouco importa que ele seja meu irmão. O lugar dele é na cadeia mesmo.*

39

Os irmãos biológicos nada têm a ver com os verdadeiros irmãos, capazes de se matar uns pelos outros, como os abolicionistas que nós encontramos ao chegar na capital.

Entramos na cidade com a mais estranha das procissões. Entre os andores, havia instrumentos de tortura: grilhões, cangas, relhos. Na frente do cortejo, debaixo da imagem lívida do Cristo, um escravo ensanguentado caminha vacilando. A procissão era organizada por um grupo de abolicionistas que protegia os escravos ameaçados de morte nas fazendas e promovia fugas em massa. Uma das táticas era exibir a crueldade dos brancos.

Só mais tarde entendi a comoção de Chico, que era filho de escravo alforriado. Ao saber que teria um descendente, o pai de Chico fez tudo para se libertar. Não podia correr o risco de seu menino ser *negro-leva--pancada-de-inhô-inhô*, sujeito a todos os caprichos de menino rico. O filho não viria ao mundo para ser *cavalo de todos os dias*, receber cordel no queixo e ser tratado com *cala a boca, besta*. Também não para entrar nas listas de *vende-se moleque*, trabalhar na lavoura como um boi e resistir aos castigos como um jumento. *Anda, negro, que eu estou olhando... depressa, que o meu açoite está com gana de bater.*

A lei punia duramente o escravo que fizesse uma ofensa física ao senhor. Para comprar a alforria, o pai de Chico vendeu hortaliças nos dias de folga até juntar o necessário. De moeda em moeda, conquistou a liberdade.

Chico desejava sobretudo que mais ninguém fosse humilhado como o pai, obrigado a carregar na cabeça o barril de excrementos. Viu na procissão um indício seguro de que logo não haveria mais nenhum *negro merdeiro* no país.

A revolta não parou de se manifestar. Um escravo deu cabo do patrão, batendo com um sifão na sua cabeça. Foi acorrentado na varanda *para ser açoitado até morrer*. Outro matou o feitor, que prometia matá-lo com golpes de foice. A lei punia com a pena máxima os escravos que atentavam contra o senhor, mas o atentado foi considerado *justificável* pelos abolicionistas. Não havia mais como aceitar a violência dos brancos, e eles estavam dispostos a morrer pela causa, como o líder, um ex-escravo que se tornou advogado.

Chico um dia me falou do enterro do líder.

— Todos os membros da irmandade com opas azuis e brancas... velas grossas como cajados nas mãos, eles se revezavam para segurar as alças do caixão. Quando o cortejo entrou no cemitério, o filho do morto disse: "—A causa continua. Ainda hoje, um branco chicoteou um escravo, que era 'para o diabo do negro se curar da mania de se emancipar'. O negro não vai se curar, não vai se curvar, não vai se calar."

A escravidão já não existia em país nenhum. Precisava acabar aqui. Antes mesmo da abolição, hordas de negros livres foram ocupando a cidade, pés descalços, arranhados e inchados... absolutamente miseráveis.

A procissão terminou e nós seguimos para a loja, onde Salma nos acolheu com um cafezinho. Saad quis saber da filha.

— Marta saiu.

— A esta hora? Onde você está com a cabeça?

— Sua filha foi num aniversário.

— Sozinha?

— Dulce foi e volta com ela, fiz tudo como deve ser.

— Não quero Marta em festa. Quantas vezes preciso repetir a mesma coisa? Por que você não me escuta? Não leva a sério o que eu digo?

Saad falou gritando. Queria a filha casada com um pretendente escolhido por ele e não admitia outra possibilidade. A tradição da sua família, na aldeia, era esta.

— Para que ir a festas? Se expor ao diabo? Não quero isso.

Saad recusou o café e foi para o quarto. Chico também se recolheu e eu fiquei com Salma.

— Meu marido imagina que a vida aqui pode ser como era lá. Marta precisa estudar. Você não acha, Omar?

— Acho.

— As amigas vão para a escola. Verdade que a maioria só estuda prendas domésticas e se prepara para casar. Marta quer ser professora; é como eu, gosta de ensinar. Que mal há nisso?

— Sua filha tem a vocação da mãe. Aprendo muito com a senhora... espero aprender mais.

— Conta comigo.

— Obrigado.

— Meu marido não aceita ser contrariado. Põe uma ideia na cabeça e não muda. Tem que ser como ele diz. Pode até se tornar violento. Às vezes, me dá medo. Logo que nós casamos, eu ficava horas ensimesmado, como se estivesse remoendo um segredo. Depois, saía num rompante. Verdade que o casamento foi arranjado... larguei da aldeia para comer o pão que o diabo amassou. Saad me tratava como se eu fosse uma intrusa. Desconfiei que tivesse outra. Penei até o nascimento de Marta. A partir daí, ele mudou.

Salma precisava se abrir e fez isso comigo. Depois, estiquei as pernas até o Beco do Cuspe. Queria fumar e cuspir sem culpa no chão, encontrar talvez algum conterrâneo e conversar na nossa língua. De nada eu sentia tanta falta e, também por isso, precisava trazer as mulheres da aldeia.

Apesar do cansaço, saí do Beco à procura de outra Helui, mas não tive sorte. O sonho me recompensou com uma mulher de seios fartos, que ria quando eu tocava nela. Ou por achar graça ou por ser a sua forma de expressar prazer. Quando percebi que era uma índia, ela desapareceu e eu fiquei com o sexo na mão... borboletinhas brancas escorrendo pelos dedos.

40

Precisava de Íris comigo. Já ganhava num dia aqui o que eu levava um mês para ganhar lá. O ganho permitia sustentar Hani e tia Laila, porém não era suficiente para trazer as três mulheres. Deus sabe o quanto eu economizava. Nem bonde tomava para não gastar.

Já estava no país há quase dois anos. Podia me tornar um mascate independente e ficar com cem por cento do lucro. Mas não quis. Preferi aprender a língua antes, e Salma queria me ensinar.

A aula — "para formar mascate" — se limitava ao nome dos objetos e aos números. Como eu estava interessado, aprendia logo. Até porque o papagaio da loja ia repetindo o que Salma dizia.

— Presta atenção, Omar.
— ... tenção.
— O número cinco é para a direita.
— ... direita... eita.
— O três é para a esquerda.
— ... erda... merda.

Quem formou o louro foi uma empregada que ensinava palavrões para ele. Pegava na mão, pronunciava a palavra e dava um pedaço de banana sempre que o louro repetia. Ensinou a subir e descer na gaiola. *Sobe, desce, sobe de novo...*

A aula durava uma hora. Quando passava disso, o papagaio repetia *eita erda eita erda*. Saad, que era ciumento, não via a aula com bons olhos. Só deixava a esposa ensinar em paz porque era do interesse dele.

Um dia, pedi a Salma que escrevesse uma carta para Hani e fiquei sabendo que, na nossa língua, ela não sabia ler nem escrever. Só havia aprendido depois da imigração para ajudar o marido. Tive que recorrer a um vizinho e ditar a carta.

Hani, querida

Sonhei com você no pistacheiro. Só me esqueço daí quando, no final da tarde, todos põem as cadeiras na rua, como na aldeia. Sentam e conversam, bebendo arak, *comendo pistache ou semente de abóbora.*

Ontem, o patrão estava com a esposa, Dona Salma, e ela me convidou para ver o pôr do sol, que é mágico. Uma nuvem ia e vinha em cima do astro, velava a parte de cima e depois a de baixo. A dança da nuvem... e eu pensei na dança do ventre.

Quando cheguei na casa do patrão, não havia nenhum outro mascate. Agora, há mais um. Dona Salma me disse que pode receber até dez. A família mora no primeiro andar e, embaixo, atrás da loja, há vários quartos para alugar. Sempre que um mascate sai, Saad vai buscar outro na hospedaria.

Como o comércio é lucrativo, alguns logo se tornam independentes. Prefiro aprender a falar a língua antes disso. Dona Salma está me dando aulas. Uma ave de penas verdes, com um bico que lembra uma argola, repete o que ela diz.

Salário eu não tenho. Ganho uma porcentagem do que o patrão recebe na mascatagem. Uma das rotas onde ele comercia já conheço bem. Ontem, percorremos uma nova. O patrício que devia ir com Saad teve febre, calafrios e vômitos. Que Deus me proteja! Não posso adoecer... De repente, a gente ouve um trovão e a tempestade desaba. A chuva provoca enchentes e enxurradas, o solo fica esburacado e as pontes balançam. Teve uma enchente que cobriu toda a várzea próxima da loja. A água veio trazendo coelhos, ratos e cobras. As ruas da periferia, onde nós temos que ir, são imundas, com poças malcheirosas... Pudera, com tanto calor! Tem dia que a roupa gruda na pele.

Agora, a situação pode melhorar. Um mascate independente ganha mais do que eu... Mas quem está com pressa tem que dar o pulo na hora certa.

Aguardo notícias. Peça para Almud escrever a carta. Pena que você não possa me mandar um pouco de chanclich *e de* mrabba. *Nunca me esqueço do que você dizia: "Quando a borboleta branca passa, a gente agarra, porque ela não passa duas vezes."*

Assinei a carta e voltei para casa, onde Chico preparava a tralha para o dia seguinte. A viagem não seria longa, mas Saad ia com mais um mascate e a tralha era maior. Queria vender o suficiente para comprar outra mula.

O patrão só trilhava a rota segura do bolso cheio e só gastava com a certeza do retorno. Agora, por causa das encomendas, precisava de mais um animal. Não podia decepcionar os clientes. Tinha sucesso porque avaliava a urgência e, além de cobrar menos do que os outros, oferecia um serviço mais rápido.

Quando Chico acabou de preparar a tralha, Dabi, o mascate novo, entrou na loja aflito. A mando de Saad, tinha ido fazer propaganda do Bom e Barato na estação, onde ele viu a polícia forçando um escravo a entrar no trem. O prisioneiro se debatia e gritava. *Não entro, chega de vara verde e salmoura. Não entro, não vou.* O povo procurava dissuadir a polícia. Por fim, o chefe da estação se recusou a embarcar um homem naquelas condições.

A polícia foi embora com o prisioneiro, porém o tumulto continuou. Acabou em briga e Dabi não conseguiu cumprir a ordem. Temia a ira de Saad, da qual eu felizmente nunca fui vítima, por não gostar de me opor a quem quer que seja. A ponto de não ser previdente. Se tivesse recusado a entrada de Dib na empresa quando Aixa pediu, ela não estaria penando hoje.

A querida vai entrar no bloco operatório. Não acredito em Deus, mas espero que ele a proteja. Nessa hora, a gente cai de joelhos. Nada é pior do que ser pai de filho único. Quem está com Aixa é Francis. Contou para Nádia que a mãe doou Baal, assinou sem ler o documento de doação. Foi um ato ilegal, que pode ser anulado... Francis vai fazer isso. Nádia chora como se estivesse perdendo uma filha. Campeão uiva no cubículo e um trovão anuncia tempestade.

Teria sido melhor não ter sonhado com um palácio e não ter feito Baal. Antes eu tivesse me bastado com uma casa de pedra... com a lua e as estrelas. Mas quem é senhor do próprio sonho?

41

A meta de Saad era conquistar a freguesia das chácaras dos fazendeiros que se estabeleciam também na capital e queriam mais conforto na viagem de ida e volta. Por que ficar num hotel quando era possível ter uma chácara? Parreiras, árvores frutíferas, horta, criação de animais para consumo próprio — galinhas, patos, perus. Na falta de uma vaca, o leiteiro ia com a sua no cabresto tirar o leite na própria chácara.

Além do conforto, os fazendeiros queriam luxo — mesa de jacarandá com pés torneados, cadeiras com assento e encosto de palhinha, mesa de centro com tampo de mármore, relógio de pêndulo, vasos de porcelana francesa de Sèvres, tapetes orientais... Como na fazenda, eles viviam com cozinheiras, mucamas, serventes, passadeiras, engomadeiras. Já ninguém comprava sete escravos por uma libra esterlina, mas, por um salário irrisório, os donos dos palacetes empregavam os ex-escravos.

De tão altos os lucros proporcionados pelo café, os palacetes tinham pisos de mármore, janelas de cristal bisotado, forros de estuque, lambris de jacarandá, estátuas de cerâmica... *Só do bom e do melhor*, e os proprietários passaram a exigir da prefeitura ruas com alinhamento — "arborizadas, calçadas e iluminadas" —, serviços de água e esgoto, saneamento das várzeas. Por que não ter uma capital como as europeias, em vez de uma cidade com meia dúzia de ruas tortas e sujas? De tão poderosos, os fazendeiros aventavam a possibilidade de trazer o mar. O impossível, para eles, não existia.

O mascate que chegasse primeiro nos portões dos novos-ricos estava feito. Seria bem recebido pelo dono, que não gostava de sair para fazer compras e dependia do abnegado vendedor. Bastava não ir à toa... e Saad não ia:

— Além de agentes na plataforma da estação para a propaganda do Bom e Barato, preciso estar a par do movimento nas chácaras... contratar um menino em cada bairro...

O patrão era informado das idas e vindas e se apresentava assim que os fazendeiros chegavam na capital. Não podia descer a encosta de um morro, atravessar uma ponte insegura e galgar o barranco do outro lado sem ter certeza da presença dos compradores.

A demanda era tão grande que ele contratou Beto, um carregador indicado por Chico. Nada mais fácil do que encontrar empregado entre os ex-escravos esfomeados que andavam nas proximidades da loja. Viviam nas ruas desde a abolição, enfim decretada pela filha do imperador, a princesa. Foram três séculos de cativeiro e, se dependesse dos barões do café, a escravidão continuaria. Os fazendeiros tiveram que ceder e, para não perder de vez os escravos, contrataram pelos salários mais baixos os que ainda moravam na fazenda.

Saad empregou um carregador e adquiriu uma segunda mula. Como ela dava um peido atrás do outro, Chico pôs o nome de Sem-Vergonha. O Bom e Barato passou a sair com dois mascates, dois carregadores e duas mulas, além de Saad. Quando já sabia falar a língua, sempre que o patrão não podia sair, ia eu na frente, tocando a matraca. *Ahlooo...*

Saad agora precisava de mais tempo para abastecer a loja. Só podia cobrar menos do que os concorrentes se comprasse a melhor mercadoria por preço menor. Isso requeria prontidão e negociação. A mercadoria que subia a serra até a capital pela estrada de ferro era descarregada na estação. A entrega nunca acontecia na mesma hora, e só quem estivesse presente comprava bem.

O negócio de Saad prosperava, e a loja foi se tornando cada vez mais colorida. Além de camisas, calças, bolsas e sapatos, os brinquedos de criança e as bugigangas se multiplicavam nas vitrines. Quem entrava, sentia o cheiro de fazenda nova, tecido engomado, perfume ou sabonete e via Salma sorrindo no balcão.

Saad era pouco dado, mas reconhecia o valor do meu trabalho, e eu me desenvolvia. O comércio exige audácia, e o patrão era audacioso. Também requer soluções novas, e ele era imaginativo. Procurava se superar continuamente, fazia o possível para manter os fregueses. Sabia ter paciência com o comprador e ser rápido na entrega.

Como nunca deixou de cumprir uma promessa e aceitava não ser pago com dinheiro, acabava embolsando mais do que os outros. Por isso, houve quem dissesse que o sucesso do Bom e Barato era resultado de concorrência desleal... saiu até artigo no jornal.

42

O Bom e Barato contava com o trabalho de formiguinha dos que iam para o interior e dos que vendiam nas chácaras — *mascates de madame*. O patrão quis expandir mais. Pensou primeiro em construir um hotel para hospedar os fazendeiros que ainda não tinham chácara na capital e não podiam fazer o bate-volta. Os que começavam às oito da manhã passavam o dia fazendo cotação de preços e, depois da compra, eram obrigados a ficar na cidade, esperando que a mercadoria fosse encaixotada e entregue na estação de trem.

Saad adiou o projeto do hotel, porque nada era mais rentável, naquele momento, do que se tornar atacadista. Bastava se registrar na junta comercial como *comerciante de grosso* para conseguir empréstimos a juros menores e dar crédito a quem precisasse. O atacadista era uma espécie de banqueiro e, por ser mascate, o patrão sabia em quem podia confiar. O que ele não sabia era fazer a papelada.

Salma, que só não apoiava o marido quando se tratava de Marta, contratou um advogado, e o negócio começou a tomar forma. O patrão pretendia trazer as mercadorias das grandes capitais do mundo para vender no atacado e no varejo. Com isso, senhoras como Dona Yolanda seriam mais bem servidas — maior variedade e preço menor. Saad já não daria uma parte do lucro para as importadoras. À diferença dos outros comerciantes, trabalharia nas duas pontas, criando o monopólio da *mercadoria estrangeira barata*.

Um futuro mais promissor era impossível. O patrão propôs que eu me responsabilizasse por tudo o que dizia respeito às saídas do Bom e Barato.

— Você determina as datas, as rotas, avalia os resultados... Ganha porcentagem maior nas vendas.

Aceitei a proposta com a condição de buscar Hani, Laila e Íris. Saad se dispôs a pagar a viagem das três, desde que eu não me ausentasse do trabalho.

— Preciso de você aqui.

— Mas quero me casar na aldeia...

— Não tem mas... O Bom e Barato fica desfalcado. Nem tudo se pode. Manda o dinheiro para as mulheres e casa aqui.

Tive que renunciar ao casamento dos meus sonhos. Sete carneiros degolados para os sete dias de festa... A noiva que chegava no dorso de um cavalo branco, o noivo que ia ao seu encontro num cavalo preto, levantava o véu que cobria o rosto da prometida e dava um tapinha na sua testa, reafirmando assim a autoridade do marido e fazendo dela uma esposa. Só então as mulheres gritariam *ui ui ui ui*, os homens dariam salvas de tiros e as crianças disputariam os cartuchos das balas disparadas. Alguém repetiria *são jovens, são belos e são simpáticos... que Deus abençoe esta união.*

Abri mão do sonho e me contentei com a ideia de fazer uma família. Íris e eu seríamos felizes por nos casar e os descendentes, por nascer num país sem guerra. Se a gente imaginasse o que pode acontecer... Quando Henrique se casou com Eva, as mulheres gritaram *ui ui ui* e não faltou o *Deus abençoe esta união.* Os dois se separaram, e Henrique teve que pagar fiança para sair da cadeia. Francis, felizmente, já tomou as providências para anular a doação ilegal que Aixa fez.

Se o juiz não for comprado, Francis consegue o que pretende. Precisa lutar, porque Henrique é capaz de corromper até a sombra. O juiz desonesto de tia Laila não é exclusividade da aldeia. O *Sê Justo* roubava embolsando o dinheiro dos órfãos. O juiz daqui rouba de outra maneira.

43

O sonho do casamento na aldeia se realizou enquanto eu dormia. Íris parou na frente do quarto de casal. A mãe dela nos esperava com uma massa redonda enfeitada de amêndoas. Atirou a massa na parede e as mulheres começaram com seus *ui ui ui*. Fui em direção a Íris e nós entramos no quarto... *são jovens, são belos e são simpáticos...*

Acordei do sonho com Lerdeza relinchando no quintal e voltei a dormir para sonhar de novo. Íris apareceu com um vestido azul-celeste, bordado de fios vermelhos no peito e o *kohl* em volta dos olhos. Nós nos curvamos diante do colchão. Não sabíamos o que fazer. De repente, ela se deitou e só me restou continuar.

Naquele dia, Marta criou um problema sério. Saad e Salma esperavam a filha para comemorar o aniversário dela. Marta havia tomado a liberdade de sair da escola com Celso, um rapaz que trabalhava na secretaria, e se atrasou. Ao chegar em casa, alegou ter ficado até mais tarde "para comemorar com as colegas". Saad sabia que a instituição fechava sempre na mesma hora.

Não disse nada. Se limitou a pendurar um chicote na frente do quarto da filha, dando a entender que podia se tornar violento.

O amor faz pouco do chicote, e a ameaça não impediu Marta de encontrar o rapaz, que estava disposto a tudo para ficar com ela. Um era o espelho do outro... não conseguiam se separar. Saad não queria saber disso e não ia autorizar o casamento. Para evitar a fúria do pai, os namorados passaram a se ver só de longe, enquanto procuravam uma solução.

Na casa de Saad, tanto ele quanto Marta viviam cada vez mais isolados. Salma dava graças aos céus por trabalhar comigo na loja. Ocupava-se da venda no balcão com duas outras mulheres, enquanto eu fazia o controle do almoxarifado, pondo em cada unidade a etiqueta do Bom e Barato. A etiqueta também significava que a mercadoria tinha passado pelo teste de qualidade.

O trabalho aumentava e o espaço da loja já não era suficiente. Sugeri a Saad que fizesse outra loja com vários andares — varejo e atacadista — e com um hotel no topo. O patrão gostou da ideia e comprou a prestação um terreno bem situado no bairro.

Descobriu com isso que ainda era hora de fazer aquisições na cidade. Como outros conterrâneos, ele considerava que nada era mais valioso do que a terra. *O dinheiro vai embora, a terra fica...* Procurou um segundo terreno num bairro próximo e desistiu por ser caro. Passou então a percorrer ruas identificadas só pelo número e outras recém-batizadas. Graças a um corretor bem informado, comprou 5 mil metros num lugar que ainda era só mato e construiu um galpão. Uma parte da mercadoria do Bom e Barato ficaria armazenada ali...

O patrão dirigiu a construção do começo ao fim. Comprou os materiais, negociando o preço do tijolo, do ferro, do vidro... Contratou o mestre de obras e os operários e não deixou de supervisionar o trabalho um único dia. Assim que o galpão ficou pronto, recebeu uma proposta inesperada de compra e ganhou o dobro do que tinha gastado. Ficou num contentamento único! Parecia ter descoberto a América.

Adquiriu todos os terrenos disponíveis na região para construir futuramente e vender. Cada passo indicava o seguinte e Saad ia em frente... o impossível para ele não existia.

III

44

O que eu mais queria era receber bem as três mulheres da aldeia. A casa lá se limitava a um quarto, *el dar*, uma sala de recepção, *el manzoule*, e um estábulo. Embaixo do quarto havia uma estrutura em forma de pirâmide cortada, que deve ter servido para enterrar os ancestrais.

Aluguei um pequeno sobrado na rua de trás da loja. No andar de cima, três quartos, um para Hani e tia Laila, um para eu dormir com Íris sob um baldaquino e um terceiro para quem chegasse. Mobiliei com ajuda de Chico e fiz, no jardim, uma pequena horta. Não queria Hani salivando de vontade disto ou daquilo, como tinha acontecido comigo ao chegar no país.

A mãe era previdente e chegou com uma mala em que havia tudo o que podia ser conservado... largou da aldeia trazendo saudade. Caiu chorando nos meus braços quando me viu no porto. Laila e Íris nos envolveram e nós ficamos em silêncio sem saber o que era o tempo... alcançamos a eternidade.

Para nós, o que mais contava, agora, era viver em segurança, ter a mesa farta e lembrar a vida na aldeia.

— Os concursos... os homens gostavam de medir força com um rolo de pedra. Quem levanta o mais pesado? O concurso era na cobertura da casa. Um dia, o rolo caiu, furou a laje e foi parar na sala...
— O rolo quebrou a mesa da vizinha.
— Adma ficou furiosa... era presente de casamento da mãe *para servir comida feita com o coração*.
— Coalhada como a dela, ninguém fazia... alho, hortelã e o pepino da horta. Quando estava na cozinha, não falava... era como se estivesse rezando.
— E o charutinho, você viu fazer?
— A folha de uva precisava ser recheada sempre da mesma maneira. Estira a folha, põe o recheio no meio e dobra — primeiro o lado direito, depois o esquerdo. Arruma o charuto com cuidado na panela, põe alho para perfumar e acrescenta suco de limão. Cozinha em fogo baixo. Para saber se estava pronto, Adma verificava com um garfo se a folha já se deixava furar.
— Nós comíamos de joelhos!
Na nossa mesa, tinha a coalhada, o charutinho e os outros pratos de lá. Às vezes, tia Laila discutia com Hani sobre a receita, que não podia em hipótese nenhuma ser mudada. Como era possível que uma se desentendesse com a outra por causa de uma colher de açúcar? A comida era uma guardiã da tradição. A comida e a língua, que nós falávamos com o maior prazer, pronunciando bem o *ha*, o *ho*, o *hi*... os sons de que Henrique sempre se envergonhou.

Depois de ter sido auxiliar de cozinha de Hani, Íris se tornou a rainha do *mezze,* além de ser a do baldaquino. Sempre que eu chegava antes do anoitecer, nós olhávamos o sol dourando as nuvens. Como na aldeia, colhíamos o fruto no pé. Não era pera, maçã ou figo, mas Íris gostava das frutas tropicais. Com a ajuda de um garoto que trabalhava no jardim, pegava o mamão "antes do passarinho".

Salma simpatizou com as três mulheres de casa. À noite, vinha conversar e comer os doces que não tinha tempo de fazer. Hani preparava o *namura* com manteiga, açúcar, leite, semolina de trigo e fermento. Se não amassasse até a mistura ficar homogênea, tia Laila protestava.

— Deixa de ser preguiçosa, Hani. Quando não amassa direito, não fica bom.

— Se você acha que não está bom, faz você!

— Vai em frente. Do seu *namura,* todo mundo gosta.

Íris não se envolvia na discussão. Ocupava-se de untar uma forma retangular para a massa, que depois punha no forno. Antes de servir, adicionava a calda. Para ser comido à noite, o doce era feito depois do almoço.

Os laços entre as mulheres se estreitavam, era como se a aldeia tivesse se transplantado para cá. A América era *Amrika,* feita do país de lá e do país daqui, das tempestades de verão e da memória dos cimos nevados. Já no primeiro ano de casamento, Íris concebeu Aixa, e eu vivi para ver o ventre dela se arredondar. *Olhos verdes como os meus? Cabelo liso ou encaracolado? Quero ver o rosto, cantar a canção de Hani, contar as histórias de lá.*

Aixa me fez sonhar. O nascimento dela foi a promessa do futuro que eu esperava. Como nunca acreditei no meu fim — quem acredita? —, não fiz um testamento que protegesse a querida.

45

Saad era dono de tudo, mas, no coração, ele não mandava. Marta estava cada vez mais distante, e o silêncio entre pai e filha se aprofundava. Por estar preocupado com isso, ele um dia se abriu comigo na loja.

— Antes de Salma vir de lá, me apaixonei... a moça era daqui, enfermeira. Que delicadeza! Sorriso como aquele, nunca vi. O dia raiava e eu já queria a noite. Linda, ela se chamava. Amor à primeira vista. Rondei até que aceitasse sair comigo. Daí por diante, não paramos de nos entregar um ao outro. Me desesperei quando recebi carta de Salma, dizendo que a data do embarque estava marcada. Obrigado a me separar da mulher que eu amava... fazer das tripas coração.

A confissão inesperada de Saad me deixou atemorizado. Como ele, Marta havia se apaixonado por quem não devia. Mas, ao contrário do pai, não queria resistir à paixão. *Não posso viver sem o Celso... sem ele, eu não existo... prefiro morrer...*

Uma paixão devoradora, e os dois decidiram fugir para uma cidadezinha próxima. No dia marcado, assim que o galo cantou, ela foi ao encontro do amado na esperança de chegar a bom porto. Mas o bom porto, para eles, não existia: Marta foi reconhecida por um antigo comprador do Bom e Barato. Além de estranhar a presença da moça, avisou Saad. A partir daí, Marta se tornou a encarnação do diabo. *Maldita a hora em que ela nasceu. De ingratidão maior, eu não sei. Uma infâmia. Fez pouco do pai, da mãe, da casa e se entregou ao filho do cão. Não foi para ter uma filha assim que eu me casei. Comigo ninguém brinca.*

Saad foi tomado pelo espírito dos vingadores da aldeia, e a vida já não importava.

Podia Salma insistir para que Saad perdoasse...

— Marta é filha... Casa com o rapaz e pronto.

Podia Salma dizer que se mataria se ele tocasse na menina...

Impossível demover Saad da ideia de se vingar.

O ódio aumentava a cada batida do coração e, antes que o coração estourasse, ele saiu armado.

Cavalgou de madrugada com a ideia fixa da cobrança, sem sentir a chuva. Entrou cedinho no vilarejo e rodopiou, procurando a casa que havia sido descrita pelo comprador, portas e janelas cor de ocre. Parou na frente, desceu do cavalo e arrombou a porta para matar. Acordou os amantes e, sem dizer nada, atirou neles sem piedade. Depois, como um monolito, arrastando os pés, se afastou de costas. Virou-se para a rua e, sem titubear, deu um tiro na cabeça. Caiu como chumbo. O sangue ficou escorrendo na calçada até a polícia chegar.

Quem chamou o delegado foi um vizinho. Também ele havia sido freguês do Bom e Barato e Saad pôde ser identificado. Quem estava na loja quando avisaram da tragédia? Eu, que não ousei contar para Salma. A infeliz só ficou sabendo quando os corpos chegaram na viatura da polícia. Chorou e soluçou até desmaiar. Como era possível que assim, do dia para a noite, ela não tivesse mais ninguém?

O patrão morreu, fulminado pelo ódio, depois de uma vida inteira de luta. O que matou Saad foi a tradição da vingança. *Se você é meu filho, prova que me ama, faz o que eu te peço... vinga teu irmão... lava nossa honra...* Saad foi vítima dos mandamentos da aldeia. Se voltou apaixonadamente contra a paixão. Acabou com a própria família e consigo mesmo.

46

Com a morte de Saad, Salma não quis mais ficar aqui. Não concebia a vida sem o marido e a filha. Na sua aldeia, além das irmãs, ainda tinha a mãe. Sete dias depois do enterro, ela me procurou.

— Você foi o braço direito de Saad. Ninguém entende tanto do Bom e Barato quanto você. Não quero mais trabalhar, não posso.

— Como assim, Dona Salma?

— Preciso ir para longe, voltar para o meu país. Nunca devia ter saído de lá. Pensei em vender a casa, a loja e os terrenos. Só que pode demorar. Sei que você não tem capital, mas também sei que você é honesto, é homem de palavra. Vou te fazer uma proposta.

— O quê? Proposta?

— Uma proposta boa. Dou uma participação maior nos lucros e você, com o seu trabalho, compra a loja... paga em prestações. O Bom e Barato, que hoje vale muito, pode não valer nada se não tiver um bom administrador. Os terrenos que Saad comprou, passo para o seu nome... pago assim pela sua dedicação à nossa família.

— Mas tudo é seu. Não posso aceitar, não é justo.

— Pode, sim, porque eu não quero me ocupar de mais nada.

Agarrei a sorte sem comemorar, estava aterrado com a tragédia. Combinei que enviaria mensalmente para Salma o dinheiro da prestação, e assim, do dia para a noite, me tornei o patrão.

Como Saad, eu queria ser um atacadista. Só que o meu lucro era menor do que o dele. Uma parte do total eu enviava para Salma. Precisava vender mais, aumentar o número de grupos que se deslocavam para o interior e para as chácaras da capital.

Ter mais carregadores era fácil... os ex-escravos desempregados. O difícil era encontrar gente capacitada para a venda. Tive que formar vendedores, treinar os que se apresentavam e pareciam dotados. Pela tradição do comércio, dei preferência aos conterrâneos. O Bom e Barato se multiplicou... vários grupos saíam da loja com destinos diferentes. Todos com a nossa insígnia. Apesar do sol e da chuva, nós não parávamos; éramos reconhecidos, em qualquer bairro, pela batida da matraca.

Trabalhava sem descanso, controlando o caixa diariamente. Sobra de dinheiro, eu não deixava que houvesse. Investia tudo e aceitava um prejuízo no presente para lucrar no futuro. Melhor vender a mercadoria por menos e recuperar o dinheiro do que deixar mofando na prateleira.

O capital cresceu sem que eu pudesse ainda construir um prédio para o Bom e Barato. Mas vivia feliz com os negócios e a promessa de vida no ventre de Íris. Hani preparava o enxoval do neto e tia Laila se dedicava à cozinha. Costumava sentar num banquinho do quintal e bater no pilão a carne para o quibe... Só depois, punha o trigo e acrescentava o sal. Para saber se estava bom o tempero, pegava um punhadinho com a ponta dos dedos e me dava na boca... como se o futuro pai precisasse se fortalecer.

O sexo da tão esperada criança não nos importava. Só desejávamos que nunca tivesse que emigrar. Queríamos sobretudo que o passado não se repetisse. Apesar de ter chegado há menos de quatro anos, eu já era daqui e até podia ser considerado *homem bom*. Digo *até* por causa das minhas origens.

Quando o imperador de barbas brancas foi subitamente deposto, eu lamentei, me lembrando do *souk*, do que Uad e eu ouvimos dizer sobre a fala do monarca: "— Receberei de braços abertos quem chegar, independentemente do credo e da cor... A terra de lá é sem fim... um sol contínuo e uma vegetação sempre verde... um mar que banha uma costa infinita... um céu tão azul que nele até o negro urubu cintila..."

O homem não havia mentido. Mas os barões do café decidiram acabar com o Império. *A princesa decretou a abolição, queremos a República já*. O monarca teve que embarcar para o exílio na calada da noite. Dinheiro ele não quis. "— Só um travesseiro com a terra daqui para descansar a cabeça quando eu morrer."

47

Na semana seguinte, o jornal da cidade publicou um artigo sobre a última festa do Império.

"Não foi por acaso que a monarquia caiu. Um luxo nababesco! O busto do imperador foi gravado nos vitrais do palacete, vestido de almirante, claro. O piso foi refeito com as madeiras nobres das selvas do país. Os convidados entravam por um bosque só de palmeiras, inteiramente artificial... um sem-número de lâmpadas. A festa varou a noite, e as mulheres da cidade saíram de trás das gelosias. No dia seguinte, a limpeza encontrou jarreteiras, almofadinhas, *puffs*, xales, mantilhas, dragonas militares. Uma verdadeira orgia."

O artigo foi escrito para convencer o povo de que a monarquia precisava acabar. Acabou e até o nome do imperador e o da imperatriz eles tiraram das ruas da cidade.

Meus negócios iam bem, mas a reviravolta só aconteceu dez anos depois. O café era uma fonte inesgotável de enriquecimento. Até um viaduto os barões do café importaram, a estrutura de ferro inteira veio de fora. Na esteira do ouro verde, a cidade não parava de crescer, e eu era dono de vários terrenos... o que ficava perto da loja e os outros, no bairro onde Saad construiu o galpão. Um dia, o assessor do alcaide me procurou.

— Quero falar com o senhor.

— Não pode ser amanhã? Estou acabando a contabilidade.

— Precisa ser hoje. Já ouviu falar do novo projeto da prefeitura?

— Que projeto?

— Um bairro novo... água, esgoto, iluminação. Mas não só. Um bairro com ruas arborizadas e boa pavimentação... vai ter linha de bonde. Aqui, tudo sempre foi feito sem planejamento... ruas tortas, irregulares, um beco em qualquer lugar...

— Disso eu sei.

— Pois vamos ter que desapropriar alguns terrenos. Um deles é o seu.

— De jeito nenhum!

— Já trouxe a notificação. A rua principal do bairro vai passar pelo seu terreno. O senhor vai ser indenizado... Só precisa se apresentar na prefeitura com os documentos.

O direito à desapropriação era incontestável. Já o valor da indenização podia ser contestado e retardaria o processo. Me perguntei se valia a pena. De repente, me ocorreu que era melhor precipitar a desapropriação e ceder o terreno do meio. Com a rua passando por ele, os outros todos ficariam de frente para a rua. Cedi para a prefeitura uma área que seria o meu *boi de piranha*, como se diz, o infeliz do boi que o criador de gado entrega às piranhas para atravessar o rio com o rebanho a salvo. Morre um boi, mas a boiada sobrevive. Entreguei a área em troca da melhor pavimentação. Não quis receber a indenização em dinheiro.

O bairro novo foi feito, e os meus lotes passaram a valer ouro. Pude me tornar o atacadista que desejava, com prédio próprio do Bom e Barato. Os lojistas do país inteiro compravam lá. O estoque permanente tinha dez mil unidades de mercadoria. O comprador de fora era atendido por um vendedor que mostrava as novidades e indicava as mercadorias mais procuradas na sua região. Se o comprador quisesse, podia se alojar no meu hotel, que ficava no último andar. Decorei com tapetes importados da aldeia, da loja onde eu tinha trabalhado com Uad, que foi o meu anjo da guarda. *Não sai da loja hoje, nem mesmo para dormir.*

O Bom e Barato se tornou o grande centro atacadista, e eu construí Baal no espigão mais alto da cidade. Na viravolta que a vida deu, voltei para o topo da montanha.

48

Aixa não resistiu à operação. Francis e Nádia saíram para providenciar o enterro. O corpo ficou entregue à própria sorte até os dois voltarem com Campeão, que ficou na porta do hospital e depois seguiu o carro funerário, prestando sua última homenagem à dona. De tão cabisbaixo, ninguém diria dele que foi o mais altivo dos cachorros.

Henrique e Lisa encomendaram uma coroa para o túmulo da família e foram ao enterro. Vários conhecidos compareceram. *Adeus, Aixa. Das tardes de Baal nós não nos esquecemos. Quem pode esquecer? O mordomo recebia de* smoking *para a conversa e o alaúde. A fumaça do* tambac *perfumava as nossas horas e a conversa nos transportava... Ahmed, Djamila, a Xerazade dos olhos azuis. Já ninguém atravessará o mar, bendizendo a sorte de não enfrentar o desconhecido. Adeus, Aixa, nossa embaixatriz...*

Com a morte dela, não foi possível salvar Baal, que passou para os netos. Henrique bateu na mesma tecla da venda, Lisa apoiou e Francis foi voto vencido.

O palácio está sendo demolido. O melhor antiquário da cidade comprou os móveis da sala oriental — marchetaria com madrepérola e marfim, feita por grandes ebanistas. Os tapetes com as árvores floridas, os pássaros e os pavões estão noutro antiquário, para onde também foram os lustres. As janelas e as portas, os peitoris de pedra, os pisos e os lambris de madeira, os corrimãos, os caixilhos, a louça e os metais dos banheiros foram tirados para reutilização noutra residência. O que não pôde ser reutilizado foi para o lixão. Baal virou descarte.

O operário que empilhou as telhas no jardim caiu e fraturou a perna. Foi substituído por outro, que, para tirar as ripas e os caibros, usou um pé de cabra. Quando a viga ficou exposta, também ele foi para o chão. A matéria inanimada de Baal adquiriu alma, o edifício não se deixa abater. Não foi possível quebrar a laje com marreta. Precisaram usar um martelete na ponta de um trator. Para demolir a torre, um guindaste de lança.

O mesmo foi usado para quebrar as paredes. Baal resistiu às investidas da bola de aço, que oscilava entre o guindaste e a parede como um pêndulo. A bola foi lançada repetidamente, e a corrente na qual estava presa arrebentou mais de uma vez. Bate uma, bate duas, bate três... o edifício ruiu e o espaço ficou na escuridão. O *ai ai ai* lá da aldeia ressoou. *Como puderam fazer isso com Baal? O responsável será punido... a mão dele vai quebrar. Ai ai ai...*

O nome do crime eu ignoro... contra o avô, contra a mãe, contra o irmão, *contra*... como se nós pudéssemos desperdiçar o parente, o patrimônio, a história... nós, que só não perdemos o que já está perdido. O nome do crime talvez seja *desperdício*, fazer pouco do que o outro fez — como se o esforço não contasse e, a cada nascimento, a história começasse do zero. *Antes de mim, não houve nada. Depois, pouco me importa.*

Na aldeia, era *uns contra os outros*. Na família, foi o descaso de *uns* pelos *outros*. Me entreguei à paixão do ganho e ensinei a valorizar o dinheiro acima de tudo.

Com justa causa, fiz o possível para deixar de ser pobre. Porém, daí a construir um palácio... não era preciso. Nada reluz mais do que o sol, a lua, as estrelas... Baal foi ostentação. *O palácio de Omar... se você visse. A última festa de Aixa... impossível imaginar o luxo!* Quis tanto esquecer a pobreza que ensinei o esquecimento... fui o pai dos memoricidas, o primeiro que atentou contra a memória na família.

Aixa não foi vítima só do marido e do filho. Dib fez pouco da esposa, Henrique, pouco da mãe, e eu, da filha, me servindo dela para realizar um desejo meu. *Aixa será a princesa de Baal para que Omar possa se esquecer do que foi.* Usei a filha em vez de fazer dela uma sucessora, a que haveria de transformar o palácio em memorial, um espaço onde a jura de Hani ressoaria sempre. *"Juro que nenhum dos meus se deixará vencer pelo ódio, nenhum se entregará a atos ou palavras capazes de cegar o próximo."*

O fato é que não passei o bastão. Sou obrigado a reconhecer que não fiz isso por Aixa ser mulher. Mas não só. Para preparar a sucessão, é preciso pensar na própria morte, e eu não quis saber dela. *Uad caiu nas mãos do exército inimigo, eu escapei. A febre amarela matou Amin e não me atingiu. Saad deu um tiro na cabeça, eu estou aqui...* Quando se trata do fim, a gente diz *não é comigo*. Não deixa de ser uma forma de resistir às intempéries.

Aixa, querida, você já não está. O palácio ruiu, porque eu dei um tiro no pé... me sabotei. Baal foi o deus do céu, mas também o rei do inferno... foi Hamon e Marcodés. Me ajoelhei diante dos dois.

São Paulo — Praia do Forte — Paris
maio de 2014 a maio de 2018

Agradecimentos

Ao poeta e ensaísta Claudio Willer. Me instigou a ir em frente com o texto sem ainda saber do caminho. Me lembrou que *"no hay camino, se hace camino al andar"*, como diz Antonio Machado, o poeta espanhol.

À poeta e editora Mirian Paglia Costa. Não concebo a vida de escritora sem ela. Se me perguntassem qual a razão, eu responderia: "Porque é ela e porque sou eu."

Ao cineasta Mathias Mangin, que me leu e releu, fez ir e vir, reescrever o romance tantas vezes quantas foram necessárias.

À artista Denise Milan, que garimpou a terra do Brasil para iluminar o mundo com o cristal e cuja escuta mais de uma vez me iluminou.

Ao escritor e jornalista Mario Sabino, pela leitura de sempre, arguta e minuciosa.

Ao poeta e ensaísta Jean Sarzana, que me oferece a sua presença e o silêncio de que eu preciso para escrever.

Este livro foi composto na tipografia
Minion Pro, em corpo 12/16, e impresso em
papel off-white no Sistema Cameron da
Divisão Gráfica da Distribuidora Record.